dtv

Sechzig Gedichte erschließt Peter von Matt in diesem Buch, vom Mittelalter bis zur Gegenwart, von Klassikern wie Goethe, Heine, Hölderlin oder Brecht bis zu lyrischen Funden von kaum bekannten Dichtern. Den Originaltexten folgt eine geschliffene Interpretation, die das Metrum, die Sprache, die Zeitgeschichte ausleuchtet und nicht mehr Lektürezeit in Anspruch nimmt als das jeweilige Gedicht. So wird der Leser unangestrengt mit den Besonderheiten der Texte vertraut gemacht, blendend unterhalten und nicht zuletzt zu eigenen Gedanken angeregt: über die Schönheit der Natur, die Politik, die Gesellschaft, über Vergänglichkeit und Tod und immer wieder über die Liebe in ihren vielen Formen.

Peter von Matt, geboren 1937 in Luzern, ist emeritierter Professor für Neuere Deutsche Literatur an der Universität Zürich und mehrfach ausgezeichneter Autor zahlreicher Bücher, u. a.: ›Liebesverrat. Die Treulosen in der Literatur‹ (dtv 30143); ›Die verdächtige Pracht. Über Dichter und Gedichte‹ (dtv 30826); ›Verkommene Söhne, mißratene Töchter. Familiendesaster in der Literatur‹ (dtv 30647); ›Die Intrige. Theorie und Praxis der Hinterlist‹ (dtv 34485).

Peter von Matt

Wörterleuchten

Kleine Deutungen
deutscher Gedichte

Deutscher Taschenbuch Verlag

Von Peter von Matt sind im Deutschen Taschenbuch Verlag erschienen:

Liebesverrat. Die Treulosen in der Literatur (dtv 30143)
Verkommene Söhne, mißratene Töchter. Familiendesaster in der Literatur (dtv 30647)
... und fertig ist das Angesicht. Zur Literaturgeschichte des menschlichen Gesichts (dtv 30769)
Die verdächtige Pracht. Über Dichter und Gedichte (dtv 30826)
Die tintenblauen Eidgenossen. Über die literarische und politische Schweiz (dtv 34094)
Öffentliche Verehrung der Luftgeister. Reden zur Literatur (dtv 34283)
Die Intrige. Theorie und Praxis der Hinterlist (dtv 34485)

MIX
Papier aus verantwortungsvollen Quellen
FSC® C019821

Ungekürzte Ausgabe 2011
3. Auflage 2013
Deutscher Taschenbuch Verlag GmbH & Co. KG, München
Lizenzausgabe mit freundlicher Genehmigung des Hanser Verlag München

Umschlagkonzept: Balk & Brumshagen
Umschlaggestaltung nach einem Entwurf und mit einer Fotografie von Peter-Andreas Hassiepen
Satz: Fotosatz Reinhard Amann, Aichstetten
Druck und Bindung: Druckerei C. H. Beck, Nördlingen
Gedruckt auf säurefreiem, chlorfrei gebleichtem Papier
Printed in Germany · ISBN 978-3-423-34665-8

Inhalt

Auge in Auge mit dem Gedicht. Ein Vorwort 11

Das Glück des Ungeküßten
Heinrich Hetzbold von Weißensee:
Wol mich der stunde 15

Pfeilschnell ins Glück
Christian Hoffmann von Hoffmannswaldau:
Sonnet. Vergänglichkeit der schönheit 18

Das seltsame Brautgeschenk
Johann Christian Günther:
Als er der Phillis einen Ring mit einem Totenkopfe überreichte 21

Der bittere Verdacht
Matthias Claudius:
Kriegslied 24

Lessings Not
Gotthold Ephraim Lessing:
Lied. Aus dem Spanischen 27

Diese unheimlichen Diminutive
Johann Wolfgang Goethe:
Heidenröslein 30

Gefährliche Vollkommenheit
Johann Wolfgang Goethe:
Mignon 33

Die Nacht, die Frauenzeit
Johann Wolfgang Goethe:
Philine 36

Selbstbewußte Demut
Johann Wolfgang Goethe:
Grenzen der Menschheit 40

Hochgemut und chancenlos
Jakob Michael Reinhold Lenz:
Willkommen 44
Wovon soll der Dichter leben?
Friedrich Schiller:
Die Teilung der Erde 47
Die Pflicht erwürgt das Glück
Friedrich Schiller:
Der spielende Knabe 51
Die Heimkehr des Geschundenen
Friedrich Schiller:
Odysseus 54
Die verborgene Flamme
Friedrich Schiller:
Punschlied 57
Todernste Heiterkeit
Johann Peter Hebel:
Wie heißt des Kaisers Töchterlein? 60
Der Schatten Hamlets
Friedrich Hölderlin:
An die Deutschen 63
Sisyphos in preußischer Uniform
Adelbert von Chamisso:
Tragische Geschichte 66
Wie Liebe auf den Teufel kommt
Ludwig Uhland:
Fräuleins Wache 69
Der Sturmwind und die bleierne Welt
Joseph von Eichendorff:
Herbstklage 73
Die Loreley im Walde
Joseph von Eichendorff:
Waldesgespräch 76

Von alter Unanfechtbarkeit
Ferdinand Raimund:
Das Hobellied 79
Liebesnot und Gegenwehr
Annette von Droste-Hülshoff:
Lebt wohl 82
Knalleffekt und Raffinesse
Heinrich Heine:
Belsatzar 85
Heine in extremis
Heinrich Heine:
Der Scheidende 89
Aus der Zeit getreten
Eduard Mörike:
Die schöne Buche 92
Die letzten Blumen
Hermann von Gilm zu Rosenegg:
Allerseelen 96
Armer Sieger
Friedrich Hebbel:
David und Goliath 99
Humanität und Fortpflanzung
Theodor Storm:
Von Katzen 103
Im Weltwind
Gottfried Keller:
Waldlied 108
Der Meermensch
Conrad Ferdinand Meyer:
Nicola Pesce 111
Liebesglück im Zwielicht
Conrad Ferdinand Meyer:
Dämmergang 114

Narkotische Fahrt
Stefan George:
Vogelschau 117
Wer spricht aus dem Mund der Dichter?
Rainer Maria Rilke:
Eine Sibylle 120
Zweideutige Melancholie
Hermann Hesse:
Im Nebel 123
Dschungelliebe in Berlin
Else Lasker-Schüler:
Giselheer dem Tiger 126
Eine letzte Hoffnung
Karl Kraus:
An den Schnittlauch 129
Schweres Scheitern, hohe Fahrt
Regina Ullmann:
Alles ist sein 132
Modernes Hohelied
Kurt Schwitters:
An Anna Blume. Merzgedicht 1 135
Weltverfinsterung
Robert Walser:
Was fiel mir ein? 139
Eine Liebesgeschichte
Gertrud Kolmar:
Salamander 142
Das Glück jenseits der Sprache
Silja Walter:
Tänzerin 145
Auf schwankenden Füßen
Günter Eich:
Latrine 148

Trümmermärchen
Günter Eich:
Brüder Grimm 152
Die Nacht des Emigranten
Theodor Kramer:
Oh, wer geht mit mir rasch noch ins Kino vor Nacht 155
Der Körper als Kunstwerk
Bertolt Brecht:
Der Bauch Laughtons 159
Wie ist das Gold so gar verdunkelt
Paul Celan:
Todesfuge 162
Nah am tödlichen Rand
Alexander Xaver Gwerder:
Ich geh unter lauter Schatten 166
Die unersättlichen Augen
Ingeborg Bachmann:
An die Sonne 169
Von einer anderen Melodie
Gottfried Benn:
Restaurant 173
Aufforderung zum Verdacht
Hans Magnus Enzensberger:
Ins Lesebuch für die Oberstufe 176
Die Krippe am Eismeer
Christine Lavant:
Wieder Nacht … 179
Vom Sonnenschicksal
Friedrich Dürrenmatt:
Siriusbegleiter 182
Skrupellos glücklich
Peter Rühmkorf:
Außer der Liebe nichts 185

Unverhoffte Herrlichkeit
Friederike Mayröcker:
an eine Mohnblume mitten in der Stadt 189
Lautgedicht und Schmerzensmann
Ernst Jandl:
waunsas wissn woiz... 192
Schöner Ort mit unsichtbarer Hexe
Sarah Kirsch:
Beginn der Zerstörung 196
Ein Talisman gegen die Vergänglichkeit
Michael Krüger:
Die Schlüssel 200
Die Dichter und die Macht
Heiner Müller:
Geschichten von Homer 203
Gefahr als Droge
Durs Grünbein:
Krater des Duris 207
Poesie und Blitz und Donner
Monika Rinck:
i had a pony (her name was lucifer) 210

Nachweise 213

Auge in Auge mit dem Gedicht

Ein Vorwort

Sechzig Solitäre. Sie sind über Jahre hin zusammengekommen, genau genommen über sechsundzwanzig Jahre. Stets als einzelne. Was sie verbindet, ist die Zuneigung des Deuters. Von jedem dieser Gedichte war er beim Schreiben tagelang wie besessen. Die Verse wühlten ihm im Gehirn. Er fürchtete sich vor dem Weiterschreiben am nächsten Morgen, fürchtete, auf den gegebenen zwei Seiten das Entscheidende zu verpassen. Und er freute sich doch wieder beinahe sportlich auf die stilistische Schußfahrt. Mit vielen Stücken war er seit langem vertraut, befreundet darf man wohl sagen. So etwa mit Lessings kaum beachtetem »Lied. Aus dem Spanischen«. Andere sprangen ihm beim Suchen plötzlich entgegen, verschlugen ihm fast den Atem, und im Moment dieser intellektuellen Kollision begann schon die Arbeit. So etwa, im Oktober 2007, Eichendorffs »Herbstklage«.

Auch wenn hier keine Poesiegeschichte angestrebt wird, merkt man wahrscheinlich, daß sich die deutsche Literatur der letzten dreihundert Jahre im Kopf des Deuters als vielgestaltig-gewaltige Landschaft erstreckt, zusammenhängend, mit Nebelzonen, gewiß, und mit schärfer besonnten Gebieten, aber als erlebte Einheit, durch Straßen und Ströme erschlossen, die Gebirge mit den Ebenen verbunden und die Urwälder mit den Boulevards. An den literaturgeschichtlichen Signalen, die dadurch in die einzelnen Deutungen gelangen, ist dem Verfasser viel gelegen. Denn aus dieser Landschaft nährt sich elementar das kulturelle Gedächtnis der deutschsprachigen Länder.

Es gibt deren mehrere. Daran darf gelegentlich erinnert werden. Deutsche Gedichte kommen nicht nur aus Deutschland. Die Landschaft der deutschen Literatur dehnt sich über viele Grenzen hinweg, geographische und geschichtliche, über die von Preußen, Sachsen und Bayern wie von

Österreich und der Schweiz, auch Herders Königsberg liegt noch darin und Keyserlings Kurland, das Böhmen Kafkas, Celans Czernowitz und Celans Paris, das Kalifornien, London, Jerusalem der Emigranten. Der Vertriebene, der in der Fremde ein deutsches Gedicht schreibt, macht den Exilort zu einem Teil dieser Landschaft, auf immer. Für den Schweizer, der das vorliegende Buch geschrieben hat, ist sie Heimat, so selbstverständlich und lebensnotwendig wie die *Confoederatio Helvetica*.

Sechzig Solitäre. Sechzig Begegnungen. Der Akt des Lesens fällt zusammen mit dem Akt des Schreibens. Wichtige Nuancen des Textes offenbaren sich dem Interpreten erst im Denkgerangel seines Formulierens. Die Exegese auf kleinstem Raum ist ein Werben um das Gedicht, um die Sinnzusammenhänge im Wörterleuchten, und zugleich ein Werben um die Leser für das Gedicht. Ein brauchbarer Germanist ist immer auch ein *matchmaker*. Er bedarf der Geschicklichkeit der alten Heiratsvermittler. Er will nicht sich selbst darstellen, sondern das Zusammenfinden von Leser und Werk ermöglichen, mit Tricks gegebenenfalls, mit Schmeicheleien, faustdicken Lobreden, diskreten Hinweisen auf versteckte Reize, mit schnellem Schimpfen zwischendurch und hartnäckigem Aufdecken des Scharfsinns im Text, des Gedichts als einer philosophischen Tat.

Im Gedicht gewinnt die deutsche Sprache die äußerste Verdichtung ihrer sinnlichen und intellektuellen Möglichkeiten. Es geschieht auf einmal, so wie uns ein Gesicht auf einmal erscheint. Das Nacheinander der Verse wird ebenso rasch zu einem Zugleich wie das Nacheinander von Stirn und Augen, Nase, Mund und Kinn. Das merkwürdig archaische Gesetz, das vom Gedicht einen graphischen Umriß verlangt, der es von allen andern Texten der Schriftkultur unterscheidet, eine optische Gestalt, die selbstgewiß Raum greift und Raum verschwendet, sich damit für einzigartig erklärend, zum Solitär eben – wie man den einzeln gefaßten Diamanten einen Solitär nennt oder den Baumriesen allein auf seinem Hügel –, dieses Gesetz nähert das Gedicht tatsächlich dem begegnenden menschlichen Gesicht an. Beider Merkmal ist die begrenzte Fläche, gegenwärtig auf einen Blick, aber mit einem unendlich sprechenden Inhalt.

Daß die zwei Wörter Gedicht und Gesicht sich nur in einem Laut unterscheiden, ist ein schöner Zufall der deutschen Sprache.

Zum Gesicht gehört, daß es erschrecken kann. Seinem Wesen nach und mit biologischen Gründen. Lange vor dem Auftreten des Menschen haben die Züge eines Gesichts auf Falterflügeln und Insektenrücken zur Abschreckung gedient. Selbst die weiße Fläche am Hinterteil des Rehs, der Spiegel, wie die Jäger sagen, simuliert das Auftauchen eines Gesichts. Das verweist auf dessen merkwürdige Zeitstruktur, seine Plötzlichkeit. Sie leitet sich her von der potentiellen Gefahr, die es verkörpert. Das kleine Kind reagiert darauf schon nach wenigen Wochen. Auch die Erwachsenen halten das volle Aug-in-Auge kaum eine Sekunde lang aus; die Blicke suchen sich und gleiten wieder weg. Nur die Gesichter der Verliebten können endlos ineinander versinken. Aber auch dieser kostbare Zustand hat seine zeitlichen Grenzen.

Soll das nun ebenso vom Gedicht gelten? Sicher nicht im erwähnten biologischen Zusammenhang. Dennoch gibt es Analogien. Lichtenberg hat das menschliche Gesicht »die unterhaltsamste Fläche auf der Erde für uns« genannt. Die ebenso knapp umzirkte Fläche des Gedichts darf damit wohl als einzige in Konkurrenz treten. Beide sind ähnlich komplex in ihrer Organisation und wollen mit ähnlicher Dringlichkeit gelesen, gedeutet, verstanden werden. Ob dies je ganz gelingen kann, ist hier so fraglich wie dort. Beide verstecken ihre Wahrheit, melden aber deren Vorhandensein energisch an. Deshalb vermag das Gedicht so unmittelbar zu faszinieren und zu irritieren, zu begeistern und zu verärgern wie keine andere literarische Form. Viele verwerfen es grundsätzlich und rabiat. Die Gründe dafür sind zahlreich. Sie ergeben eine bedrohliche Sammlung von Verdachtsmomenten, die sich abstecken läßt mit den Stichworten: Nutzlosigkeit, Sentimentalität, Verlogenheit, Infantilität, Nebel, Dusel, Luxus, Unverständlichkeit, Weltferne, Vorgestrigkeit, Eskapismus, Täuschung, Affektiertheit, Abstrusität. Tatsächlich könnte jeder dieser Begriffe ertragreich diskutiert werden und erbrächte ein tüchtiges Stück Lyriktheorie. Denn jeder reagiert auf bestimmte Eigenschaften und Tendenzen des Gedichts. Nur wischt das platte Urteil diese vorschnell vom Tisch, statt sie in ihrer intellektuellen und ästhetischen Provokation zur Kenntnis zu nehmen. Gerade das Phänomen der Abschreckung müßte an der Lyrik so sorgsam untersucht werden wie an den Flügeln des Tagpfauenauges, auch wenn es hier um das Überleben einer Schmetterlingsart, dort um die Gewinnung talentierter Leser geht.

Sechzig Solitäre. Die vielen Lyriktheorien und Musterinterpretationen, die das 20. Jahrhundert hervorgebracht hat, haben zu keinem Verfahren geführt, das sich auf alle diese Texte gleichermaßen resultatsicher anwenden ließe. Die Arbeit des Deutens, die das Gedicht nicht als Gerät für methodische Kunstturner versteht, sondern als eine Aufgabe der Erkenntnis und der Vermittlung zugleich, des Werbens um die Verse wie auch um ihre Leser, muß sich von Mal zu Mal etwas einfallen lassen. Die vielerlei Listen, mit denen das Gedicht seine Sinnzusammenhänge anzeigt und versteckt, erfordern Gegenlisten. Einem Text, der sich als *poésie pure* versteht, kann man unter Umständen biographisch beikommen und einem Text, der sich als privates Bekenntnis gibt, mit formalen Kategorien. Was zählt, ist allein das Resultat. Darüber entscheiden die Leser.

Die Form der Kleinen Deutung ist keine Erfindung des Verfassers. Sie ist Marcel Reich-Ranicki zu verdanken, der 1974 die »Frankfurter Anthologie« begründet hat und sie bis heute leitet. Die meisten Interpretationen des vorliegenden Bandes wurden für diese wöchentliche Reihe in der »Frankfurter Allgemeinen Zeitung« geschrieben. Auch wenn es noch keine Theorie der Kleinen Deutung gibt, ist diese doch zu einer unverwechselbaren Gestalt der literarischen Kritik und Auslegung geworden. Sie zieht viele Literaturwissenschaftler an, andere lehnen sie grimmig ab. Der Verfasser des vorliegenden Buches war dem Spiel verfallen, seit er 1982 mit Chamissos »Tragischer Geschichte« den ersten Versuch machte. Er verdankt Marcel Reich-Ranicki manchen wertvollen Hinweis, bald auf einen Patzer, bald auf einen übersehenen Zusammenhang, auch viele konkrete Text-Vorschläge. Wem, wenn nicht ihm, sollte dieses Buch gewidmet sein?

Dübendorf bei Zürich, im Sommer 2008 — Peter von Matt

Heinrich Hetzbold von Weißensee

Wol mich der stunde

Wol mich der stunde, von rôtem munde mir liep geschach.
den sach ich machen ein zartez lachen, des ich dô jach.
ir mündel vreche daz gestellet sich,
alsz viunviu spreche, gar durchsiuverlich.

Ach swer daz kuste, zwâr den geluste vröude âne nôt.
sîn lachen lôse, ez enwart nie rôse mê halb sô rôt.
kel unde hende wîzer danne ein snê.
liep trût ân ende, wes tuost dû mir wê?

Wilt dû mich twinge durch daz ich singe dir offenbar?
trœste mich eine, sit ich dich meine mit triuwen gar.
min zuckerkrûtken, tuo mir helfe schîn:
trût herzen trûtken, jâ bin ich ie dîn.

Das Glück des Ungeküßten

Keine große Zeit für Lyrik, das 14. Jahrhundert. Das Genie der Epoche wirkt in den verwegenen Spekulationen Meister Eckharts, in Seuses Verzückung, in einer mystischen Theologie, die These und Gefühl zugleich ist, ein herzheißes Denken. Walther von der Vogelweide und Heinrich von Morungen, der Goethe und der Hölderlin des Mittelalters, haben hundert Jahre früher geschrieben. Oswald von Wolkenstein, die späte Eruption lyrischer Gewalt, gehört bereits ins kommende Jahrhundert.

Dennoch gibt es Lieder. Sie schaffen zwar keine Durchbrüche, erfinden nicht neue Töne, in welche andere einstimmen könnten. Aber das Vertraute wird fröhlich variiert. Wer will denn immer neue Spiele?

Hetzbold, den man dem Namen nach eher in Auerbachs Keller als unter den süßen Sängern vermuten würde, schreibt ein Liebeslied, wie es viele gibt, und doch gelingt ihm dabei, am Ende der ersten Strophe, ein einzigartiger Moment. So viel auch an dem Gedicht sonst an die Vorgänger erinnert, für die dritte und vierte Zeile ist kein Muster bekannt. Wenn man eine Literaturgeschichte des weiblichen Mundes schreiben wollte, des Mundes der geliebten Frau – was kein absurdes Unterfangen wäre –, Hetzbold von Weißensee hätte darin seinen gesicherten Platz.

Seit dem Hohenlied Salomonis, mit dem alle Liebeslyrik beginnt und über das sie nie hinauskommt, gehört die Anrede des roten Mundes zur begeisterten Beschwörung der Frau. »Deine Lippen sind wie eine scharlachfarbene Schnur«, heißt es bei Salomo. Vom freudenreichen roten kleinen Mund singt Morungen: »ir vil fröiden rîchez rôtez mündelîn«; und bei Walther rühmt sich die Frau selbst ihres von tausend Küssen brennenden Mundes: »kuster mich? wol tûsentstunt: / tandaradei, / seht wie rôt ist mir der munt«.

Hetzbold jubelt auch, aber er hat noch nicht geküßt. Der Anblick des Mundes allein hat ihn zu glücklicher Stunde beseligt. Zärtlich gelacht hat das kecke Mündchen, und dann hat es sich gestellt, als ob es sehr säuberlich das Wort »Fünfe« aussprechen würde. Wenn ein schöner Frauenmund langsam »Fünfe« sagt, einem bewegten Mann gegenüber, dann ist das auch im Neuhochdeutschen ein recht sinnliches Ereignis. Wenn der Mund es aber auf Mittelhochdeutsch sagt, *viunviu*, mit einem zweimaligen ü also, und wenn er das zweite ü dann noch ein bißchen anhalten läßt, dann, ja dann kann der bewegte Mann schon dazu kommen, selbst im 14. Jahrhundert, ein Gedicht zu schreiben.

Und da überrascht es auch nicht, daß das Gedicht einen so bezaubernden, tänzerischen Rhythmus gewinnt. In seinen kurzen, vier- bis fünfsilbigen Teilversen glaubt man die liebliche Kadenz von Walthers *tandaradei* zu vernehmen. Man kann die Strophen nur auf diese Musikalität hin lesen, ohne sich groß um den Inhalt zu kümmern. Dieser erschließt sich dann wie von selbst, und wenn man falsch liest, macht es auch nichts. Denn was in der zweiten und dritten Strophe gesagt wird, ist gesagt worden, seit verliebte Leute Gedichte schreiben, und wird gesagt werden, solange diese merkwürdige Tätigkeit stattfindet, also bis zum jüngsten Tag.

Ach, wer diesen Mund küßte, der hätte Freude ohne Leid … und wie ist sein Lachen lieblich … und nie war eine Rose auch nur halb so rot … und weißer als Schnee sind Hals und Hände … und warum tust du mir so weh, du liebes vertrautes Wesen? … willst du mich denn niederzwingen, nur weil ich singe, öffentlich, von dir? … besser, du tröstest mich, den Einsamen, den Treuen …

So geht das voran, ist herzlich unoriginell, aber herzlich trotzdem. Zum Schluß bettelt der Mann um Hilfe und versichert, daß er immer ihr gehöre. Er verbindet das Bekenntnis mit Kosewörtern, die im Neuhochdeutschen seltsam klingen. »Zuckerkräutchen« besagte jedoch, als der Zucker kostbar war, einiges mehr als in den Zeiten der künstlichen Süßstoffe, und »trautes Herzenstrautchen« tönt erst so schrecklich, seit das Wort »traut« im Deutschen abgestorben ist, seit der Geliebte nicht mehr *trûtgeselle* heißt und die Freundin im Bett nicht mehr *trûtgebette* und die Zärtlichkeit nicht mehr *trûtgebâren.* Aber man spreche es nur ein paarmal aus, das Liebesgeflüster unserer Vorfahren, *mîn zuckerkrûtken … trût herzen trûtken …*, schon beginnen die Laute wieder zu leben.

Christian Hoffmann von Hoffmannswaldau

Sonnet. Vergänglichkeit der schönheit

Es wird der bleiche todt mit seiner kalten hand
Dir endlich mit der zeit umb deine brüste streichen /
Der liebliche corall der lippen wird verbleichen;
Der schultern warmer schnee wird werden kalter sand /

Der augen süßer blitz / die kräffte deiner hand /
Für welchen solches fällt / die werden zeitlich weichen /
Das haar / das itzund kan des goldes glantz erreichen /
Tilgt endlich tag und jahr als ein gemeines band.

Der wohlgesetzte fuß / die lieblichen gebärden /
Die werden theils zu staub / theils nichts und nichtig werden /
Denn opfert keiner mehr der gottheit deiner pracht.

Diß und noch mehr als diß muß endlich untergehen /
Dein hertze kan allein zu aller zeit bestehen /
Dieweil es die natur aus diamant gemacht.

Pfeilschnell ins Glück

Zu den Gemeinplätzen im öffentlichen Gespräch über unsere Gegenwart gehört die Klage über die Beschleunigung aller Vorgänge, über den Verlust der Langsamkeit, der guten alten Langsamkeit, die früher so selbstverständlich gewesen sei. Zeit hätten die Menschen damals noch gehabt, geräumige, behagliche Zeit vor hundert, zweihundert, dreihundert Jahren. Heute aber, heißt es, hetzen wir alle dahin, hechelnd, mit hängender Zunge.

Dieses Gedicht, das vor dreihundertfünfzig Jahren entstand, sagt etwas ganz anderes. Es erlebt die Zeit als ein Dahinrasen, das alles in den Schatten stellt, was wir als die Geschwindigkeit unserer Gegenwart beklagen. Mit der Erfahrung verglichen, die in diesem Gedicht hörbar wird, leben wir heute so behaglich und langsam wie die Faultiere im Zoo. Und wenn wir daran denken, daß die Hälfte der europäischen Bevölkerung allsommerlich an den Stränden des Mittelmeers liegt und sich, rundum eingeölt, an der Sonne räkelt, ist der Vergleich gar nicht so abwegig.

Der Autor dieses Gedichts hört schon die Sense sausen, die ihn niedermähen wird. Er lebt in einem gleißenden Jetzt am Rande der Nacht. Deshalb erlebt er die Schönheit der Welt, die Schönheit der geliebten Frau mit solcher Gewalt. Er feiert sie, indem er von ihrer Vergänglichkeit spricht. Jeder Teil ihrer körperlichen Gegenwart – die Brüste, Lippen, Schultern, Augen, Hände, der leichte Schritt der Füße, der Zauber der Bewegungen – alles ist so hinreißend, weil es sich ereignet im gleißenden Jetzt am Rande der Nacht. Nur wer die Finsternis kennt, sagt das Gedicht, weiß, was das Licht ist. Deshalb suchen die barocken Vergleiche überall das Höchstmaß: Die Lippen sind Korallen, die Haut ist Schnee, das Haar ist Gold. Nur wer die Vergänglichkeit kennt, sagt das Gedicht, weiß, wie betäubend schön eine schöne Frau ist. Und so schön, sagt der Mann zu der geliebten Frau, so schön bist du.

Das Gedicht ist ein Sonett. Sonette arbeiten mit Satz und Gegensatz.

Die umfassende Vergänglichkeit muß irgendwo auf einen Gegenpol treffen. Hier ist es das Herz der Geliebten. Es sei, sagt der letzte Vers, »aus Diamant gemacht«, hart also, von keiner Zeit zerstörbar. Das kann man doppelt lesen, tiefsinnig-weise oder erotisch-lebenslustig. Diese Zweideutigkeit macht den Text erst wirklich raffiniert. Die fromme Variante sagt: Mach dir nichts aus dem Untergang deiner Schönheit; was zählt, ist innerlich; ein gutes Herz wird nie alt und häßlich. Die lebenslustige Variante aber spielt mit dem Begriff des harten Herzens als eines Fehlverhaltens. Ein hartes Herz verweigert die Liebe und verpaßt darüber den erotischen Genuß. Wäre es nicht besser, flüstert der Mann in dieser Lesart der schönen Frau ins Ohr, wäre es nicht besser, du kämst mir mit einem weichen Herzen entgegen und wir erfreuten uns aneinander, hier, in diesem gleißenden Jetzt, und kümmerten uns den Teufel um die sausende Sense? Denn etwas Herrlicheres können wir ohnehin nie mehr haben.

Johann Christian Günther

Als er der Phillis einen Ring mit einem Totenkopfe überreichte

Erschrick nicht vor dem Liebeszeichen,
Es träget unser künftig Bild,
Vor dem nur die allein erbleichen,
Bei welchen die Vernunft nichts gilt.
Wie schickt sich aber Eis und Flammen?
Wie reimt sich Lieb und Tod zusammen?
Es schickt und reimt sich gar zu schön,
Denn beide sind von gleicher Stärke
Und spielen ihre Wunderwerke
Mit allen, die auf Erden gehn.

Ich gebe dir dies Pfand zur Lehre:
Das Gold bedeutet feste Treu,
Der Ring, daß uns die Zeit verehre,
Die Täubchen, wie vergnügt man sei;
Der Kopf erinnert dich des Lebens,
Im Grab ist aller Wunsch vergebens,
Drum lieb und lebe, weil man kann,
Wer weiß, wie bald wir wandern müssen!
Das Leben steckt im treuen Küssen,
Ach, fang den Augenblick noch an!

Das seltsame Brautgeschenk

Zwei große »Briefe an den Vater« kennt die deutsche Literatur. Beide sind erschütternd, und beide sind Zeugnisse nicht nur eines Lebens, sondern auch einer Epoche. Kafkas berühmtes Schreiben kennt jeder. Doch wer weiß etwas von Johann Christian Günthers Gedicht mit dem sperrigen, von der Verzweiflung diktierten Titel: »Den Unwillen eines redlichen und getreuen Vaters suchte durch diese Vorstellungen bei dem Abschiede aus seinem Vaterlande zu besänftigen ein gehorsamer Sohn«? Über mehr als achtzehn Seiten ziehen sich diese Verse hin, in denen ein großer Dichter seinen Vater um Versöhnung, Liebe und Verständnis anfleht – um ein weiteres Mal schroff abgewiesen zu werden. Ein deutsches Trauerspiel. Wie Kafka rannte Günther gegen ein Gesetz an, das sich in der Gestalt des Vaters verkörperte. Wie bei Kafka waren es die Normen einer versinkenden Welt, die den jungen Mann, der der Zukunft angehörte, erdrückten. Als Kafka tot war, durften alle schreiben wie Kafka. Als Günther tot war, entdeckte man staunend sein Genie. Jetzt fuhr der Klang seiner Verse, ihr flinker Witz, ihr trotziges Klagen in das deutsche Gedicht. Der junge Goethe griff das auf. Viele Lichter, die durch seine Strophen spielen, hat Günther erstmals in die Welt geworfen. Mit Kafkas »Brief an den Vater« beschäftigen sich die Geisteswissenschaftler rund um die Welt. Warum tun sie es nicht mit Günthers Vaterbrief? Philosophisch, als Krisendokument des aufgeklärten Optimismus, nimmt er es mit Voltaires »Candide« auf.

Mit achtundzwanzig Jahren, 1723, war Günther tot. Man könnte versucht sein, das hinreißende Gedicht über den Ring mit dem Totenkopf als Bannspruch gegen das nahende Unheil zu lesen. Es stammt aus den letzten Lebensjahren und ist der letzten Geliebten gewidmet. Er hätte sie heiraten können, aber die Bedingung dafür war die Versöhnung mit dem Vater. Dieser weigerte sich. Aus Frömmigkeit. Wie leicht die Gläubigen unmenschlich werden! Verstört, vereinsamt zog Günther aus seiner Heimat Schlesien weg, nach Jena, wo er rasch und lautlos starb.

Nein, eine magische Gebärde ist das Gedicht an Phillis nicht. Es ist ein Akt der tapferen Philosophie. Die Vernunft, die den Menschen zum Menschen macht, nimmt ihm die Furcht vor dem Tod. Dieser ist nicht das Gräßliche, das überall auf uns lauert. Er gehört zum Ganzen der Welt. Er ist ein Teil der großen Ordnung. Das weiß die Vernunft. Unbeschwert denkt sie darüber nach. Und in einer glücklichen Stunde kann aus dem Nachdenken ein Gedicht werden, dieses Gedicht. Es stellt den Tod neben die Liebe: zwei vertraute Geschwister und die innersten Kräfte der Welt. Was wäre die Liebe ohne die Vergänglichkeit! Ihr Aufflammen und Lodern, ihr rasendes Glück nährt sich vom Wissen um die sausende, säbelnde Zeit. Also um den Tod. Liebe und Tod spielen gemeinsam auf zum Tanz unseres Daseins. Deshalb kann es ein Verliebter wagen, seiner Geliebten »einen Ring mit einem Totenkopfe« zu überreichen. In der Geste steckt ein großes Kompliment. Du wirst nicht erschrecken, sagt sie der jungen Frau, denn du verstehst zu denken. Du erfreust dich deiner Vernunft, und so fühlst du auch mit deinem Kopf und philosophierst mit deinem Herzen. Tapfer und leicht.

Genau so sind die Verse der ersten Strophe. Die neue Beweglichkeit, die Günther in das deutsche Gedicht gebracht hat, ist hier herrlich verwirklicht. Wir merken gar nicht, wie streng dabei reflektiert wird. Die zwei Fragen in der Strophenmitte rufen eine Melodie wach, die gleichermaßen Antwort ist wie reiner Klang. Schiller wird dafür einen Namen finden: Grazie.

Die zweite Strophe führt eine Kunst vor, die später in Verruf geriet, die elegante allegorische Deutung. Man kann zusehen, wie sich die zwei Liebesleute über das schöne Schmuckstück unterhalten: Schau, das bedeutet Treue, und dieses Glück, und jenes die sausende Zeit … »Drum lieb und lebe, weil man kann« ist die Schlußfolgerung: *carpe diem.* »Weil« hat hier den ursprünglichen Sinn von »so lange, als«. Wie in dem populären Liedchen: »… weil noch das Lämpchen glüht«. Und »daß uns die Zeit verehre« meint, sie möge schenken, was sie nur schenken kann. Jemandem etwas verehren heißt ja heute noch, ihm ein Geschenk machen.

Matthias Claudius

Kriegslied

's ist Krieg! 's ist Krieg! O Gottes Engel wehre,
Und rede du darein!
's ist leider Krieg – und ich begehre
Nicht schuld daran zu sein!

Was sollt ich machen, wenn im Schlaf mit Grämen
Und blutig, bleich und blaß,
Die Geister der Erschlagnen zu mir kämen,
Und vor mir weinten, was?

Wenn wackre Männer, die sich Ehre suchten,
Verstümmelt und halb tot
Im Staub sich vor mir wälzten, und mir fluchten
In ihrer Todesnot?

Wenn tausend tausend Väter, Mütter, Bräute,
So glücklich vor dem Krieg,
Nun alle elend, alle arme Leute,
Wehklagten über mich?

Wenn Hunger, böse Seuch und ihre Nöten
Freund, Freund und Feind ins Grab
Versammleten, und mir zu Ehren krähten
Von einer Leich herab?

Was hülf mir Kron und Land und Gold und Ehre?
Die könnten mich nicht freun!
's ist leider Krieg – und ich begehre
Nicht schuld daran zu sein!

Der bittere Verdacht

Wie umständlich, wie unvergeßlich umständlich und unbeholfen ist der eine Satz: »– und ich begehre nicht schuld daran zu sein!«

Die Schrecken des Krieges kann er benennen. Die Schändlichkeiten kann er aufzählen. Der phantastischen Glorie kann er die jämmerliche Wirklichkeit der Verstümmelten und Verröchelnden gegenüberstellen. Den rasanten Glanz des Kriegsbeginns konfrontiert er treffsicher mit dem lange schleppenden Elend hinterher. Alles gelingt ihm ohne besondere Mühe. Die Strophen sind spannungsreich, die Verse ausdrucksstark. Über eine ganz einfache Rhetorik – Fragen, Wiederholungen, Parallelen – verschafft er dem Gedicht die wummernde Resonanz langsamer Pauken, den Grundton der *marche funèbre.* Daneben, zweimal, dieses fast linkische: »– und ich begehre nicht schuld daran zu sein!«

Das tönt wie eine schlechte Übersetzung aus dem Latein. Es ist auch eine Übersetzung, die Übersetzung eines furchtbaren Gedankens, der noch nie ausgesprochen wurde und gegen den sich die Sprache sträubt, heftiger sträubt als gegen die Schilderung aller *Desastres de la guerra.* In diesem Satz regt sich die Ahnung, man sei mitschuldig an der Geschichte der eigenen Zeit, in jedem Fall und unbedingt.

Diesem würgenden Verdacht muß der Eintritt in die Sprache verweigert werden. Er widerspricht ja doch aller Vernunft. Was kann ein kleiner Journalist in Wandsbeck dafür, wenn Preußen und Österreich gegeneinander in den Krieg ziehen? Was kann er dagegen machen, wenn Joseph II. das Land Bayern annektieren möchte, Friedrich der Große es nicht dulden will und beide wieder einmal einen schönen Sieg zu feiern das allerhöchste Bedürfnis haben?

Der Gedanke einer Mitschuld scheint absurd, aber welche Mühe kostet es, ihn niederzuhalten! Und zuletzt drückt er eben doch noch durch, langsam, wie das schwarze Blut durch einen festen Verband. Der Dichter wagt es nicht, vor Gott und der Welt feierlich zu erklären, er sei unschuldig; er kann nur merkwürdig stockend sagen, er möchte nicht schuldig sein.

Damit zieht er die dunkle Konsequenz aus einer triumphalen Erkenntnis seines Jahrhunderts: daß die Menschheit ein Ganzes sei, verschwistert alle zusammen und miteinander auf dem Weg ins beßre Land. Wenn das stimmt, dann kann man sich auch aus der Schuld der andern nicht einfach wegstehlen. »Alle Menschen werden Brüder«, jubelt es in diesen Jahren. Ja, sagt Claudius dazu, auf Tod und Leben. Wer könnte ihm heute widersprechen?

Gotthold Ephraim Lessing

Lied. Aus dem Spanischen

Gestern liebt' ich,
Heute leid' ich,
Morgen sterb' ich:
Dennoch denk' ich
Heut und morgen
Gern an gestern.

Lessings Not

Kierkegaard hat das Gedicht als Motto über ein Kapitel von »Entweder/Oder« gesetzt. Ohne Angabe des Verfassers. So bekannt waren die sechs Zeilen damals noch, daß es sich erübrigte, den Dichter zu nennen. Dem ist heute nicht mehr so. Das kleine Meisterwerk ist aus dem allgemeinen literarischen Bewußtsein verschwunden. Der Grund liegt nahe: Es ist ja bloß eine Übersetzung. Kein Original und also kein richtiges Kunstwerk.

Aber hier beginnt auch schon das Rätsel. Denn alle Bemühungen, eine spanische Vorlage zu finden, sind fehlgeschlagen. Nichts irgendwie Ähnliches ist auszumachen in der spanischen Überlieferung. Das erlaubt die Vermutung, der Untertitel sei eine Maßnahme Lessings, um das direkte Bekenntnis zu verhüllen. Die Not und die Tapferkeit der sechs Zeilen durften nicht als privates Zeugnis erkennbar sein. Der Schrei sollte als philologische Fingerübung erscheinen. Im Erstdruck steht als Titel nur »Lied«, darunter in kleinerer Schrift: »Aus dem Spanischen«. Dieser Erstdruck ist der »Musen-Almanach für das Jahr 1780. Herausgegeben von Voß und Goekingk«, erschienen in Hamburg Ende 1779. Im Jahr des »Nathan«. Es finden sich noch zehn andere Epigramme Lessings in dem kaum daumenhohen Bändchen; sie sind alle datiert. Nur zu diesem Stück fehlt jeder zeitliche Hinweis.

Ein Jahr zuvor war Lessings Frau gestorben, an der Geburt eines Sohnes, der selbst keine vierundzwanzig Stunden lebte. Die Katastrophe vernichtete eine Ehe, die nur dreizehn Monate hatte dauern dürfen, und stürzte Lessing in die tiefste Verzweiflung seines Lebens. Es zeugen davon ein paar Briefe von entsetzlichem Understatement: »Ich wollte es auch einmal so gut haben wie andere Menschen! Aber es ist mir schlecht bekommen.«

Von diesem Schlag hat sich Lessing nie mehr erholt. Drei Jahre später starb er der geliebten Frau und dem »kleinen Ruschelkopf« nach. Aber in diesen drei Jahren hat er noch einmal die deutsche Literatur und die Geschichte des freien Denkens in Deutschland verändert. Wenige Wochen nach der Katastrophe begann die grandiose Polemik gegen den Pastor Goeze und damit der öffentliche Streit um den modernen Begriff der Wahrheit. Wahrheit kann nie Besitz sein und nie befohlen werden. Wahrheit gibt es nur im Akt der Wahrheitssuche und im freien Dialog. Schon im Juli desselben Jahres verbot der Herzog seinem Bibliothekar alle weiteren Streitschriften – um der befohlenen Wahrheit willen. Da schrieb Lessing den »Nathan«. Er wurde zum herrlichsten Streich, der der Zensur in Deutschland je gespielt wurde.

Das »Lied« ist ein Manifest. Winzig wie ein Diamant, fängt es das Licht der Epoche auf. Zwar wohnt ein dunkles Understatement auch in ihm. Aber entscheidend ist das Bekenntnis zur dauerhaften Person. Viermal fällt das Wort »ich«. Es verbindet sich mit allem, was die Götter den Menschen geben, Glück und Leiden und Vernichtung. Und es verbindet sich mit dem Wort »dennoch«. Dieses Dennoch ist der gelassene Trotz der vernünftigen Person aller Vergänglichkeit und Zerstörung gegenüber. »Dennoch denk' ich« – man kann das auch isoliert lesen. Dann wird das Denken, der höchste Akt des vernünftigen Menschen, zum Zeichen seiner Unanfechtbarkeit. Und weil es ein Denken an die Liebe ist, fügt sich zum Intellekt das starke Gefühl. Der Einklang beider macht den ganzen Menschen. Er aber ist das kühne Traumbild der Epoche. So bricht sich ihr Licht in den sechs Zeilen.

Schon die Romantiker konnten nicht mehr so reden. Ihnen verwehte das Ich in der ziehenden Zeit. Gewiß, da war einmal etwas gewesen, aber nun war es fremd geworden, ein gespensterhaftes Anderes. »Und jener Mensch, der ich gewesen und den ich längst / Mit einem andern Ich vertauschte, wo ist er nun?« August von Platen klagt so. Und der junge Hofmannsthal meinte, sein vergangenes Ich sei ihm »wie ein Hund unheimlich stumm und fremd«. Lessing hingegen versichert sich in der Not seiner selbst durch das »Dennoch« der Erinnerung. Sie erhebt ihn über die Vergänglichkeit, weil sie in der Vernunft gründet. Diese ist dauerhaft wie die menschliche Natur. Sie kann von der Zeit nicht angefressen werden. Das ist deutsche Aufklärung im verehrungswürdigsten Sinn.

Johann Wolfgang Goethe

Heidenröslein

Sah ein Knab' ein Röslein stehn,
Röslein auf der Heiden,
War so jung und morgenschön,
Lief er schnell, es nah zu sehn,
Sah's mit vielen Freuden.
Röslein, Röslein, Röslein rot,
Röslein auf der Heiden.

Knabe sprach: ich breche dich,
Röslein auf der Heiden!
Röslein sprach: ich steche dich,
Daß du ewig denkst an mich,
Und ich will's nicht leiden.
Röslein, Röslein, Röslein rot,
Röslein auf der Heiden.

Und der wilde Knabe brach
's Röslein auf der Heiden;
Röslein wehrte sich und stach,
Half ihm doch kein Weh und Ach,
Mußt es eben leiden.
Röslein, Röslein, Röslein rot,
Röslein auf der Heiden.

Diese unheimlichen Diminutive

Was ist das für ein zweifelhaftes und zwielichtiges Gedicht! Mögen es die Sängerknaben und Domspatzen, die gemischten und ungemischten Chöre noch so glockenrein in alle Säle flöten, ein zweifelhaftes und zwielichtiges Gedicht ist es gleichwohl. Schon mit der Vaterschaft steht es nicht zum besten. Ganz sicher ist nur, daß Goethe es 1789 in seine »Schriften« aufnahm. Ob er es fast zwanzig Jahre früher im Elsaß gefunden oder bearbeitet oder geschaffen hat, ist unklar.

Zweideutiger noch ist der Inhalt. Man zählt es zu den Liebesgedichten. Aber von Liebe ist darin nie die Rede. Das Wort kommt nicht vor. Es scheint für die zwei jungen Leute gar nicht zu existieren. Was erlebt und erlitten wird, ist Gewalt – und nicht einmal ein Mitleid hinterher. »Mußt es eben leiden«, lautet der böse Schluß, über den dann die vielen Diminutive gestreut werden, als sollte man's nicht merken. Ein Zynismus ist das, so hart wie Mephistos Satz über Gretchen: »Sie ist die erste nicht.«

Man soll nicht sagen, das sei eben volksliedhaft. Der einzige Text, der als Anregung in Frage kommt, weil er den Refrain wörtlich schon enthält, verbindet gerade mit dieser Zeile kraftvoll und eindeutig das Wort, das die Strophen Goethes sich verbieten:

Liebstu mich, so lieb ich dich,
Röslein auf der Heyden.

Das stammt aus dem 16. Jahrhundert, und schön benennt es die Gleichheit der Liebenden in ihrer Liebe: Keines ist dem andern untertan; keines zwingt, und keines wird gezwungen.

Von solcher erotischer Kultur weiß das »Heidenröslein« nichts. Es ist ein schauerlich barbarischer Gesang. Schönheit und Schändung sind darin gepaart, so selbstverständlich, als handelte es sich um ein Weltgesetz. Das steht außerhalb aller Humanität, mag es sich noch so sehr als ein

Stück Natur erklären. Humanität, Menschlichkeit in dem enormen Sinn, den dieser Dichter diesem Wort anderswo gegeben hat, ist also mit der Natur allein nicht schon gewonnen.

Warum aber spricht man seit zweihundert Jahren mit Rührung und Entzücken von dem Gedicht? Warum läßt man so etwas die kleinen Mädchen singen? Weil man auf die ersten zwei Strophen hereinfällt. Die eine redet von lauter Freude, die andere von Schmerz und Widerstand, da muß doch wohl in der dritten die Synthesis stecken und aller Gegensatz sich aufheben in Erfüllung. So eingefleischt ist uns dieser Dreischritt, daß wir ihn unterstellen, wo er doch gerade fehlt, aufs deutlichste fehlt, wo Versöhnung eben nicht geschieht, sondern der Gegensatz sich splitternd und zerstörend verschärft.

Wäre das nicht ganz einfach an den Reimwörtern abzulesen? Die dritte Strophe kennt keine andern als die der zweiten: leiden, brechen, stechen. Nur Weh und Ach kommt noch dazu.

Johann Wolfgang Goethe

Mignon

Kennst du das Land, wo die Citronen blühn,
Im dunkeln Laub die Gold-Orangen glühn,
Ein sanfter Wind vom blauen Himmel weht,
Die Myrte still und hoch der Lorbeer steht,
Kennst du es wohl?
Dahin! Dahin
Möcht' ich mit dir, o mein Geliebter, ziehn!

Kennst du das Haus, auf Säulen ruht sein Dach,
Es glänzt der Saal, es schimmert das Gemach,
Und Marmorbilder stehn und sehn mich an:
Was hat man dir, du armes Kind getan?
Kennst du es wohl?
Dahin! Dahin
Möcht' ich mit dir, o mein Beschützer, ziehn!

Kennst du den Berg und seinen Wolkensteg?
Das Maultier sucht im Nebel seinen Weg,
In Höhlen wohnt der Drachen alte Brut,
Es stürzt der Fels und über ihn die Flut:
Kennst du ihn wohl?
Dahin! Dahin
Geht unser Weg! o Vater, laß uns ziehn!

Gefährliche Vollkommenheit

Dieses Lied, heißt es im Roman »Wilhelm Meisters Lehrjahre«, dessen drittes Buch es eröffnet, habe ursprünglich anders ausgesehen. In Mignons eigener Sprache, einem »gebrochenen, mit Französisch und Italienisch durchflochtenen Deutsch«, sei es nur teilweise verständlich gewesen, unzusammenhängend auch, aber unvergleichlich in der »Originalität der Wendungen«. Die Übersetzung habe das »nur von ferne nachahmen« können.

Der Hinweis ist wichtig, auch wenn es diese Urform natürlich nie gegeben hat. Sie ist Romanfiktion. Keiner hat da je etwas übersetzt. Hingegen trifft es zu, daß das Gedicht geordneter erscheint, als es ist. Eine vordergründige Regelmäßigkeit scheint ihm wie aufgesetzt. Sie verliert sich, wenn man weiterfragt, weicht bald einmal einer bedrohlichen Mehrdeutigkeit. Das Lied ist Inbegriff deutscher Lyrik und könnte doch in jedem Lehrbuch der Rhetorik stehen, so geplant sind seine Parallelen und Repetitionen, so gebaut ist das dreifache Anwachsen der Fragen – auf die keine Antwort folgt, sondern die weiße Stelle im Druckbild –, so genau gesetzt ist jedesmal der Schluß.

Wir wissen auch, wie Mignon das Lied gesungen hat: »das: *kennst du es wohl?* drückte sie geheimnisvoll und bedenklich aus«, die Schlußverse aber »bald bittend und dringend, bald treibend und vielversprechend«. Ginge es nur um eine Italienreise, was sollte da die gärende Mischung der Gefühle? Und was sollte jene geisterhafte Lücke im Druckbild?

Ein Liebesgedicht ist das, und dann noch mehr. Es setzt mit erotischen Bildern ein. Mignon, das unentwickelte, in sich selbst zurückgedämmte Wesen, entwirft mit der Landschaft der ersten Strophe eine verschlüsselte Vision von sich als einer reifen, liebesbereiten Frau, die ihres Geliebten gewiß ist. Die halluzinative Sinnlichkeit des zweiten Verses wirft ein Licht auf jenes Wort »vielversprechend« im zitierten Satz. Auch der Myrte kommt hier der antike Sinn zu. Sie ist die Pflanze Aphrodites, der keuschen

Artemis verhaßt, und bedeutet Leidenschaft und das Ende der Jungfräulichkeit. Daneben, männlich genug, der Lorbeer.

Die dritte Strophe steht dazu in einem dramatischen Bezug. Sie bringt gehäuft Bilder der Initiation, jener gefährlichen Rituale, über die man in archaischen Gesellschaften die Rechte der Erwachsenen gewinnt. Wie dort die Jugendlichen durch ein Ungeheuer kriechen müssen, das sie symbolisch verschlingt, wie sie in Wasser getaucht, durch Feuer geschickt, der pfadlosen Wildnis ausgesetzt werden, so baut sich hier der Weg über den Gotthard als ein großes Szenar der zweiten Geburt auf. Mignon wünscht und sucht diesen Durchgang, hinüber in ein neues Dasein.

Aber dieses neue Dasein ist zuletzt mehr und etwas anderes als das erfüllte, sinnlich bewegte Frauenleben. Und entsprechend ist das ganze Gedicht mehr und etwas anderes als nur ein Liebesgedicht. Was Mignon will, ist eine Vollkommenheit, die auf einmal da ist, ganz und unveränderbar, eine stehende Vollendung, die Werden und Wandlung, Gestaltung und Umgestaltung ausschließt. Alles soll gleichzeitig sein: Blüte und Frucht, Natur und Kunst, Leib und Stein, Himmel und Erde. Die Gesetze des umfassenden Werdens sind aufgehoben in einer glänzenden, todesstillen Ruhe.

So groß ist Mignons Leiden, daß der Traum von einer Erlösung sie über alles Leben hinausträgt. Gut, daß der Mann, dem sie das Lied singt, schwer von Begriff ist.

Johann Wolfgang Goethe

Philine

Singet nicht in Trauertönen
Von der Einsamkeit der Nacht,
Nein, sie ist, o holde Schönen,
Zur Geselligkeit gemacht.

Wie das Weib dem Mann gegeben
Als die schönste Hälfte war,
Ist die Nacht das halbe Leben,
Und die schönste Hälfte zwar.

Könnt ihr euch des Tages freuen,
Der nur Freuden unterbricht?
Er ist gut, sich zu zerstreuen,
Zu was anderm taugt er nicht.

Aber wenn in nächt'ger Stunde
Süßer Lampe Dämmrung fließt,
Und vom Mund zum nahen Munde
Scherz und Liebe sich ergießt;

Wenn der rasche lose Knabe,
Der sonst wild und feurig eilt,
Oft bei einer kleinen Gabe
Unter leichten Spielen weilt;

Wenn die Nachtigall Verliebten
Liebevoll ein Liedchen singt,
Das Gefangnen und Betrübten
Nur wie Ach und Wehe klingt:

Mit wie leichtem Herzensregen
Horchet ihr der Glocke nicht,
Die mit zwölf bedächt'gen Schlägen
Ruh und Sicherheit verspricht!

Darum an dem langen Tage
Merke dir es, liebe Brust:
Jeder Tag hat seine Plage,
Und die Nacht hat ihre Lust.

Die Nacht, die Frauenzeit

Das ist alles so leicht und locker hingesungen, daß man es auf der Stelle wieder vergißt. Kein Widerhaken scheint daran zu sein. Man bleibt nirgends hängen, muß keinem Vers umständlich nachdenken. So viel über die anderen Gedichte aus dem »Wilhelm Meister« geschrieben wurde, so wenig findet sich über Philines leichte Strophen gesagt. Worüber man nicht »schwer werden« kann, um ein Wort aus dem Roman aufzunehmen, darüber, scheint es, muß man schweigen.

Dabei ist das Gedicht, vom zweitletzten Vers aus gelesen, ein tollkühner Kommentar zu einer Stelle aus der Bergpredigt, Matthäus 6, 25–34. Dort heißt es, man solle sich nicht sorgen um den nächsten Tag und die Nahrung und die Kleidung. Einzig um das Reich Gottes habe man sich zu bekümmern. Der morgige Tag werde schon für sich selbst sorgen; »genug, daß jeder Tag seine eigene Plage hat«. Das nimmt Philine auf, begeistert, nur ersetzt sie das Reich Gottes durch etwas anderes.

Was denn? Die Nacht, die Lust, die Liebe im konkretesten Sinn. Wie konkret sie denkt, zeigt der Moment der Romanhandlung, in dem sie ihr Liedchen singt. Die Männer haben lange und sorgenvoll über ihre »Hamlet«-Inszenierung verhandelt und können nicht enden. Da fährt Philine sie an, sie hätten aus lauter Gewissenhaftigkeit den Dichter verstümmelt und »den schönsten Gedanken aus dem Stück« getilgt. Alles ist verdutzt, unsicher, man will wissen, was sie meint – als Antwort singt sie das Lied. Jener Gedanke aber ist Hamlets Satz: »Ein schöner Gedanke, zwischen den Beinen eines Mädchens zu liegen.« Philine zitiert die Stelle, indem sie scheinbar von ihr nur redet. Das hätten die Männer eigentlich merken müssen.

Was heißt das nun für das Gedicht? Ist es liederlicher, als es scheint, blasphemischer, als man je denken würde? Man kann den Bezug zur Bergpredigt sehr wohl als frivole Klimax betrachten. Aber ebensogut kann man darin ein Signal sehen, daß das Ganze ernst genommen sein will.

Philine entwickelt eine kleine Metaphysik der Nacht. Die Nacht ist die andere Zeit, die Gegenzeit, und damit auch die Gegenexistenz zum Tag. Sie ist die Frauenzeit, und die zwölf Schläge der Mitternacht markieren ihren Eintritt. Die zweite Strophe bestimmt die Geschlechter fast überdeutlich von Tag und Nacht her. Die Männerzeit, der Tag, ist entweder lang, langweilig und gedehnt oder rasch, ruhelos und übereilt. »... daß Männer immer im Widerspruch mit sich selbst sind«, hat Philine zwei Minuten früher festgestellt.

Die Nacht, die Frauenzeit, ist ganz anders. Sie ist reine, runde Gegenwart. Wer sonst nur rennt, kann jetzt einfach dasein, von allen Zwecken befreit. Der Ausgleich beginnt schon vor Mitternacht. Das Empfinden der Zeit als einer fremden Macht, die stachelt oder lähmt, weicht einem Einklang – »unter leichten Spielen« –, bei dem das allgemeine Fließen kaum mehr zu spüren ist. »... spürest du kaum einen Hauch«, heißt es anderswo. Mit den »zwölf bedächt'gen Schlägen« aber tritt die Vollkommenheit ein, nicht der Schlaf, sondern der »andere Zustand«, wie Musil sagen würde, ein Dasein, von dem nicht weiter geredet werden kann. Denn in ihm fallen die Gegensätze zusammen. Das höchste Tun ist das höchste Feiern. Die Zeit steht, und in diesem Jetzt sind die Geselligen einander gegeben wie für die Ewigkeit.

Johann Wolfgang Goethe

Grenzen der Menschheit

Wenn der uralte
Heilige Vater
Mit gelassener Hand
Aus rollenden Wolken
Segnende Blitze
Über die Erde sät,
Küß ich den letzten
Saum seines Kleides,
Kindliche Schauer
Treu in der Brust.

Denn mit Göttern
Soll sich nicht messen
Irgend ein Mensch.
Hebt er sich aufwärts
Und berührt
Mit dem Scheitel die Sterne,
Nirgends haften dann
Die unsichern Sohlen,
Und mit ihm spielen
Wolken und Winde.

Steht er mit festen,
Markigen Knochen
Auf der wohlgegründeten
Dauernden Erde;
Reicht er nicht auf
Nur mit der Eiche
Oder der Rebe
Sich zu vergleichen.

Was unterscheidet
Götter von Menschen?
Daß viele Wellen
Vor jenen wandeln,
Ein ewiger Strom:
Uns hebt die Welle
Verschlingt die Welle
Und wir versinken.

Ein kleiner Ring
Begrenzt unser Leben,
Und viele Geschlechter
Reihen sich dauernd
An ihres Daseins
Unendliche Kette.

Selbstbewußte Demut

Ein Unterwerfungschoral? Eine Hymne der Kapitulation? Die Klassik auf dem Weg zur Fügsamkeit? Im Jahrzehnt der Revolution ein Kniefall vor der Hierarchie?

Die Frage muß gestellt werden. Denn allzu selbstverständlich hat das deutsche Obrigkeitsdenken die Klassik weit über ein Jahrhundert lang zum Arsenal der eigenen Parolen erniedrigt und daraus bezogen, was an Maximen des Gehorsams und der Liebedienerei von Fall zu Fall gebraucht wurde, als daß hier vergessen werden dürfte, zu was allem die poesiegesättigten Untertanen schließlich ja und amen sagten, »Kindliche Schauer / Treu in der Brust«.

Ein Unterwerfungschoral also doch? – Nur wenn man die triste Tradition der Vereinfachungen weiterführt.

Das Gedicht gilt allgemein als Gegenzug zu den lyrischen Verlautungen eigengesetzlicher Subjektivität, zum ungezügelten Ich der Kronos- und Prometheus-Hymnen und zur erotischen Ekstase des Ganymed. Gegenzug sicher, aber ob dieser Gegenzug als eine Aktion der Selbsterziehung begriffen wird – »der Dichter geht in sich« – oder als eine nochmalige Erweiterung des seelischen Erfahrens, darin trennt und entscheidet sich die Deutung. Prometheus steht zum Ich dieser Strophen nicht wie die Hybris zur Bußfertigkeit, sondern – um ein lebenslanges Ordnungsbild Goethes zu gebrauchen – wie das Einatmen zum Ausatmen. Eine Polarität bildet sich hier ab und nicht ein Reifungsprozeß. In der mythischen Demut, die sich unter Gottes Donnern neigt, steckt jener mythische Trotz als ihre Bedingung.

Kniefall und Auflehnung setzen einander gegenseitig voraus. Nur so nämlich wird das »Ganze« gewonnen, um das es diesem Dichter zuletzt immer geht. Man muß zuschauen, wie dem Gedicht, das den Menschen so gebieterisch in die Schranken weist, die Zeichen der Ganzheit und Fülle eingewoben sind. Die vier großen Strophen stehen unter der Signatur der vier Elemente: Feuer, Luft, Erde, Wasser. Von jedem ist der Mensch bedrängt, durch jedes muß er hindurch wie die Liebenden in der »Zauberflöte«. Aber indem er erfährt, wo er niemals hinreicht, wird ihm zugleich das Ganze schrittweise zugemessen, genauer: mißt er sich selbst dieses Ganze in Ruhe zu.

Denn der da spricht und Schranken setzt, ist nicht der alte Gott, sondern der Mensch. Wohl erinnert der Anfang an Blitz und Donner und die »dicke Wolke« auf dem hohen Sinai, aber hier diktiert kein Vatergott über alle Köpfe hin die Gebote, sondern aus der Erfahrung des zugemessenen Ganzen heraus – »was der ganzen Menschheit zugeteilt ist«, heißt es im »Faust« – zieht der Mensch eigenhändig den Kreis seiner Existenz. Die grandiose erste Strophe, von der das ganze Gedicht poetisch lebt und deren Echo bis heute durch die deutsche Lyrik geht, zielt also nicht auf das unmündige Subjekt, sondern feiert die erfahrungsfähige Person, die den Schrecken aushält, die Schwäche und Gewißheit der Vernichtung, und die gerade darüber ihrer selbst gewiß wird.

Der vielumrätselte Schluß steht unter der Signatur des Rings, des ältesten Zeichens der Vollkommenheit. Das Bild entspringt aus dem Gedanken an das Allerflüchtigste, die Wellenkreise um den Wassertropfen, und biegt hinüber in die Vorstellung des ganz Dauerhaften, der Kette des Daseins. Einatmen und Ausatmen auch hier.

Jakob Michael Reinhold Lenz

Willkommen

Willkommen kleine Bürgerin
Im bunten Tal der Lügen!
Du gehst dahin, du Lächlerin!
Dich ewig zu betrügen.

Was weinest du? die Welt ist rund
Und nichts darauf beständig.
Das Weinen nur ist ungesund
Und der Verlust notwendig.

Einst wirst du, kleine Lächlerin!
Mit süßerm Schmerze weinen
Wenn alle deinen treuen Sinn
Gott! zu verkennen scheinen.

Dann wirst du stehn auf deinem Wert
Und blicken, wie die Sonne
Von der ein jeder weg sich kehrt
Zu blind für ihre Wonne.

Bis daß der Adler kommen wird
Aus fürchterlichen Büschen,
Der Welten ohne Trost durchirrt –
Wie wirst du ihn erfrischen!

Hochgemut und chancenlos

Wie es sich um dieses Gedicht zusammenbraut! Wie das droht und gewittert von Schicksal – Schicksal wahrhaftig im aufschreckendsten Sinn des Wortes. Drei Monate nach der Entstehung dieser Verse geht Lenz, wie Büchner sagen wird, »durchs Gebirg« – ein Verrückter, nie mehr ganz zu heilen, langsamer Zerstörung ausgesetzt. Er war Pate des Mädchens, das er hier begrüßt; als Patin wirkte die Frau Rat aus Frankfurt, Goethes Mutter. Denn die kleine Bürgerin war das Kind ihrer Tochter Cornelia. Diese starb kurz nach der Geburt. Sie hatte elend daraufzugelebt und elend noch ein paar Wochen ausgehalten. Dann war es aus.

»Mit meiner Schwester ist mir eine so starke Wurzel, die mich an der Erde hielt, abgehauen worden, daß die Äste, von oben, die davon Nahrung hatten, auch absterben müssen«, schrieb Goethe nach Frankfurt. Lenz hätte das gleiche sagen können, mit beängstigenderem Recht. Hatte er sich doch, von Goethe aus Weimar nach einem Skandal vertrieben, zu Cornelia geflüchtet, hatte sich vom Bruder zu lösen gesucht, indem er die Schwester schwärmerisch verklärte, die kränkelnde Schwangere phantastisch zu seinem Idol machte – sie, deren Elend aus der gleichen tödlichen Bindung stammte.

Die Nachricht vom Tod Cornelias traf Lenz in Zürich. Er kam eben aus dem Hochgebirge, mit verschwollenen Augen, nahezu blind von den Märschen durch den gleißenden Schnee. Das war im Juni 1777. Im Oktober schrieb er das Gedicht. Vielleicht als Trost auch für den Witwer, Johann Georg Schlosser. Der war allerdings bereits daran, sich wieder zu verloben.

Viele wollen in diesem Gedicht die ersten Symptome des Wahnsinns sehen. Sie denken wahrscheinlich an die letzte Strophe, an das hinreißende Verspaar: »Bis daß der Adler kommen wird / Aus fürchterlichen Büschen«. Als ob, was unerwartet dröhnt, pathologisch sein müßte!

Das Gedicht ist ein magischer Gestus. Es möchte dem Kind die Kraft verleihen, das auszuhalten, was Lenz und Cornelia vernichtet hat. Die Kleine wird zwar die gleiche Not erfahren, die gleichen Täuschungen und Verluste, die gleiche Einsamkeit einer unverstandenen Existenz. Aber sie wird dabei stark werden, eine unerschrockene, selbstbewußte Frau. Und eines Tages kommt dann der, der ihr gleicht, der an sie heranreicht aus Verwandtschaft des durchlittenen Grams, und sie haben einander und behalten einander aufs herrlichste.

Irritierend bleiben die »fürchterlichen Büsche«. Der Mythos berichtet, daß der Adler zur Sonne fliegt und daß er als einziger ihr Licht mit offenen Augen erträgt – von Büschen irgendwelcher Art ist dabei jedoch nie die Rede, auch nicht von durchirrten Welten. Walter Burkert, der eminente Altphilologe, hat die Lösung gefunden. Lenz überblendet hier den Adler mit dem irrenden Odysseus, der im 6. Gesang nach seinem Schiffbruch nackt und schreckerregend aus dem Dickicht verwucherter Büsche hervorbricht, »wie ein Löwe des Bergs«. Die Mädchen am Strand laufen schreiend davon. Nur eine bleibt stehen, selbstbewußt und unerschrocken. Sie schaut ihn an und wartet, bis er näher kommt: Nausikaa.

Übrigens starb die kleine Bürgerin, Julie Schlosser, schon mit sechzehn Jahren. Ein Jahr vorher, 1792, war Lenz auf einer Straße in Moskau tot aufgefunden worden.

Friedrich Schiller

Die Teilung der Erde

»Nehmt hin die Welt!« rief Zeus von seinen Höhen
Den Menschen zu. »Nehmt, sie soll euer sein.
Euch schenk ich sie zum Erb und ewgen Lehen,
Doch teilt euch brüderlich darein.«

Da eilt, was Hände hat, sich einzurichten,
Es regte sich geschäftig jung und alt.
Der Ackermann griff nach des Feldes Früchten,
Der Junker birschte durch den Wald.

Der Kaufmann nimmt, was seine Speicher fassen,
Der Abt wählt sich den edeln Firnewein,
Der König sperrt die Brücken und die Straßen
Und sprach: »Der Zehente ist mein.«

Ganz spät, nachdem die Teilung längst geschehen,
Naht der Poet, er kam aus weiter Fern.
Ach! da war überall nichts mehr zu sehen,
Und alles hatte seinen Herrn!

»Weh mir! so soll denn ich allein von allen
Vergessen sein, ich, dein getreuster Sohn?«
So ließ er laut der Klage Ruf erschallen
Und warf sich hin vor Jovis Thron.

»Wenn du im Land der Träume dich verweilet«,
Versetzt der Gott, »so hadre nicht mit mir.
Wo warst du denn, als man die Welt geteilet?«
»Ich war«, sprach der Poet, »bei dir.

Mein Auge hing an deinem Angesichte,
An deines Himmels Harmonie mein Ohr,
Verzeih dem Geiste, der, von deinem Lichte
Berauscht, das Irdische verlor!«

»Was tun?« spricht Zeus. »Die Welt ist weggegeben,
Der Herbst, die Jagd, der Markt ist nicht mehr mein.
Willst du in meinem Himmel mit mir leben,
So oft du kommst, er soll dir offen sein.«

Hier geht es um Betrug, nicht um Beschwichtigung. Man braucht kaum besonders bibelfest zu sein, um zu merken, daß hinter dieser Geschichte eine andere steht, jener Bericht aus der Genesis nämlich, wo Jakob mit Lüge und Verstellung seinen Bruder um das rechtmäßige Erbe bringt. In der lauten Klage des Poeten tönen die »bitterlichen Schreie« des betrogenen Esau weiter; im zweifelhaften Trost des Zeus wohnt etwas von der grimmigen Offenheit des alten Isaak, der dem geliebteren Sohn nur noch das heimatlose Umherschweifen in Aussicht stellen kann.

Die alte Erzählung steckt in der neuen wie die Puppe in der Puppe. Sie macht die großartige Pointe zweideutig. Fehlt da nicht die letzte Antwort des Poeten? Fehlt sie, weil sie sich erübrigt in der aufschluchzenden Zustimmung eines Getrösteten? Oder wäre sie zu bitter ausgefallen?

Der stärkste Moment des Gedichts, eine blendende dramatische Sekunde, ist die Replik des Dichters auf die Vorhaltungen des Gottes: Wo warst du denn? – Ich war bei dir. Zeus weiß also nicht, was er doch am besten wissen müßte. Der Mensch, dieser Mensch, weiß mehr, und das macht ihn dem Gott für einen Augenblick überlegen. Mag Zeus immer das Weltganze regieren, dieser Mensch erleidet es, liebt es, durchfühlt es, wie jener niemals leiden, lieben, fühlen kann. Ähnlich stehen sich bei Kleist Jupiter und Alkmene gegenüber.

Dennoch, so sehr das Gedicht den Hunger und die Misere der Dichter zur bestehenden Ordnung der Welt rechnet, so wenig findet es sie in Ordnung. Die Deutung, daß die Künstler durch idealische Ekstasen für ihren hohlen Bauch vollauf entschädigt würden, wäre philiströs. Sie entspricht der Niedertracht des allgemeinen Vergnügens an Spitzwegs berühmtestem Bild.

Schiller selbst hat sich für seinen knappen, stets bedrohten Wohlstand in den frühen Tod gearbeitet. Er mußte haarscharf kalkulieren. Der Finanzplan, den er um 1801 für das angebrochene Jahrzehnt entwarf, zeigt, daß er mit Einnahmen von 1350 Talern im Jahr und Ausgaben von 1300 Talern rechnete – unter der Bedingung allerdings der Gesundheit und eines jährlichen Theaterstücks. Er wurde krank und kränker, zwang sich mit Gewalt zur Produktion und brach sich eisern das Genick.

Daß das Gedicht von Anfang an schneidender war, als es einer gutmütigen Lektüre erscheinen mag, zeigt die Fassung der dritten Strophe im anonymen Erstdruck. Da wird derber geredet und unerschrockener, so unverblümt, daß die Verse später, nicht zu ihrem Vorteil, besänftigt werden mußten:

Der Kaufmann füllte sein Gewölb, die Scheune
  Der Fermier, das Faß der Seelenhirt,
Der König sagte: Jeglichem das Seine:
  Und mein ist – was geerntet wird!

Friedrich Schiller

Der spielende Knabe

Spiele, Kind, in der Mutter Schoß! Auf der heiligen Insel
  Findet der trübe Gram, findet die Sorge dich nicht,
Liebend halten die Arme der Mutter dich über dem Abgrund,
  Und in das flutende Grab lächelst du schuldlos hinab.
Spiele, liebliche Unschuld! Noch ist Arkadien um dich,
  Und die freie Natur folgt nur dem fröhlichen Trieb,
Noch erschafft sich die üppige Kraft erdichtete Schranken,
  Und dem willigen Mut fehlt noch die Pflicht und der Zweck.
Spiele, bald wird die Arbeit kommen, die hagre, die ernste,
  Und der gebietenden Pflicht mangeln die Lust und der Mut.

Die Pflicht erwürgt das Glück

Man könnte es sich leicht machen mit diesem Gedicht. Schillers theoretisches Denken, könnte man sagen, werde hier auf ein Stück Leben angewendet, als hübsches Exempel. Nach einer von Schillers berühmtesten Behauptungen ist der Mensch »nur da ganz Mensch, wo er spielt«. Wenige Monate nach diesem Satz entstand das Gedicht. Hat der Autor also nicht einfach die große Denkarbeit der Briefe »Über die ästhetische Erziehung des Menschen« noch etwas ausgemünzt und ökonomisch verwertet? Schließlich betrieb er damals zwei publizistische Projekte gleichzeitig: die Monatszeitschrift »Die Horen«, wo 1795 jene Briefe mit dem berühmten Satz erschienen, und den »Musenalmanach für das Jahr 1796«, in dem das Gedicht stehen sollte. Schiller war ein umsichtiger Unternehmer, der nichts verschleuderte und seinen Schreibtisch gleichermaßen als Ort der Götterbesuche wie als kaufmännisches Chefpult verstand.

Dennoch darf man es sich mit dem Gedicht nicht leichtmachen. Es ist in Wahrheit ein schroffer Gegenzug zu der Erlösungsvision, die sich mit dem Begriff des Spiels in den Briefen über die ästhetische Erziehung verbindet. Dort wird der spielende Mensch zur Chiffre einer weltgeschichtlichen Hoffnung. Das Spiel, schon das des Kindes, beweist die Fähigkeit zu freiem Handeln. Es ist die Schwelle zu jeder Gestalt von Freiheit, das Versprechen einer möglichen Versöhnung aller Gegensätze. Im Spiel wird das Zerrissene wieder ganz, und diese Ganzheit enthält den Keim einer besseren, einer wahrhaft *schönen* Zukunft. Die geglückte Welt, die die Jakobiner ein Jahr zuvor blutig erzwingen wollten, durch Terror, will Schiller friedlich in die Wirklichkeit locken, durch die Spiele der Kunst. So sagen es die Briefe. Das Gedicht sagt etwas anderes.

Die zehn Verse sind ohne Hoffnung. Man achte auf die Gestalt des Raums, den sie entwerfen. Über dunklem Meer schwebt eine lichte Insel. Das Meer ist tödlich, »flutendes Grab«. Die Insel ist paradiesisch, »Arkadien«. Sie ist zum Untergang verurteilt und mit ihr die Seligkeit des Kindes, das auf ihr wohnt. Dieses Urteil wird deutlich in den zwei grammatischen Formen, die das Ganze prägen, in den Imperativen: »spiele«, »spiele«, »spiele«, und in den Adverbien: »noch«, »noch«, »bald«. Ein unheimliches Drängen steckt in den Befehlen. Es widerspricht dem heiteren Glück, das sie gleichzeitig unterstellen. Und mit den Adverbien schlägt ein weiteres Mal mehr das barocke Zeitgefühl in die Verse Schillers durch, die Erfahrung eines Gryphius oder Lohenstein. Die räuberische Zeit wird alle Lust und Schönheit über kurzem vernichten. Während sich Schiller in den Briefen zwingt, von einer leuchtenden Zukunft für die Menschheit zu sprechen, bricht in dem kleinen Gedicht die erlebte Wahrheit durch: Die Zukunft ist finster.

Dennoch ist sie für kurze Zeit Wirklichkeit, die verurteilte Seligkeit bei der bergenden Mutter. Und sie zeigt uns das richtige Leben. Im Spiel des Kindes gibt sich die kreatürliche Unternehmungslust alle Regeln selbst. Sie erdichtet sich Schranken, um überhaupt Grenzen zu haben und ein Ziel, das sie jubelnd erreichen kann. Drei Begriffe benennen die Mitte unserer Existenz: »fröhlicher Trieb«, »üppige Kraft«, »williger Mut«. Sie zielen alle auf dasselbe, die Lust an einem tätigen Dasein.

Sie wird vernichtet – »bald«. Wodurch? Ist es wirklich »die Arbeit, die hagre«, wie der zweitletzte Vers nahelegt? Sie kann es nicht sein, denn jenes tätige Dasein ist selbst eine Gestalt von Arbeit. Was die Lust vernichtet, ist der Befehl. Er kommt von außen. Er verlangt Gehorsam. Auch das Spiel setzt Gehorsam voraus, aber nur gegenüber eigenen Befehlen. Sie zu geben ist ebenso genußreich, wie ihnen zu folgen. Der Befehl von außen trägt hier den Namen Pflicht. Die Pflicht erwürgt das Glück und verletzt die Würde des Menschen. Wenn man an die Karriere denkt, die der Begriff der Pflicht im deutschen Denken und Gehorchen machen sollte, könnte einem das Gedicht vorkommen wie ein aufständisches Manifest.

Friedrich Schiller

Odysseus

Alle Gewässer durchkreuzt', die Heimat zu finden, Odysseus;
Durch der Scylla Gebell, durch der Charybde Gefahr,
Durch die Schrecken des feindlichen Meers, durch die Schrecken des Landes,
Selber in Aides' Reich führt ihn die irrende Fahrt.
Endlich trägt das Geschick ihn schlafend an Ithakas Küste,
Er erwacht und erkennt jammernd das Vaterland nicht.

Die Heimkehr des Geschundenen

Klassisch ist, was immer gilt. So etwas gibt es nicht, sagen die Romantiker, sagen auch die Modernen. Alles wandelt sich in der Geschichte. Nichts kann immer gelten. Der Einwand hat Gewicht. Nur ist er selbst ein klassischer Akt. Immer soll gelten, daß nichts immer gilt.

Das Klassische ist eine Erfahrung. Sie besteht im plötzlichen Wissen: Hier ist etwas, das immer gilt. An dieser Erfahrung scheiden sich die Geister. Den einen graut davor, die andern sind erlöst. Die einen können nur mit dem Neuen leben, das morgen wieder alt ist – und dann weg damit. Die andern erkennen freudig im Neuen das Uralte – und dann weg mit allem andern.

Schillers »Odysseus« ist ein im strengen Sinne klassischer Text. Nicht weil er in Distichen abgefaßt ist. Das macht ihn bloß »klassisch« im Sinn einer literarischen Epoche, der sogenannten deutschen Klassik. Die Form ist modisches Design. Sie kann veralten, ist schon mit den Romantikern veraltet. Was aber gilt denn immer? Die Situation. Der Moment einer Erfahrung, die mir selbst zur Erfahrung gebracht wird. Ich erlebe sie, doch es wird mir schwer, sie zu benennen.

Damit bin ich allerdings in guter Gesellschaft. Humboldt war bewegt von dem Gedicht. Er schrieb an Schiller: »In dem Odysseus liegt ein großer und tiefer Sinn.« Warum sagt er nicht welcher? Herder schrieb dazu: »Um den Odysseus habe ich Sie der Simplicität wegen beneidet.« Das erklärt vielleicht, warum Humboldt nicht mehr sagte. Die Einfachheit des Geschehens steht im Gegensatz zur Komplexität seiner Bedeutung. Die letzten zwei Zeilen beben von verschwiegenem Sinn. Sie schreien förmlich: Deute mich!

Man muß die Odyssee nicht kennen, um das Gedicht zu verstehen. Daß die Skylla ein sechsköpfiges Ungeheuer war, das auf der einen Seite einer Meerenge die Schiffer fraß, welche der Charybdis, einem saugenden Strudel auf der andern Seite, ausweichen wollten, brauche ich nicht zu wissen. Ich merke auch so, worauf es ankommt: Hier ist einer durch Not und Gefahr gegangen, jahrelang. Nur daß Aides der Hades ist, die Totenwelt, in die Odysseus hinabgestiegen ist wie vor ihm Orpheus und nach ihm Faust, wäre eine Anmerkung wert. Aber daß der schlafende Odysseus von den gastfreundlichen Phäaken zu seiner Heimatinsel Ithaka gebracht wurde, in langer Fahrt, und dort, immer noch schlafend, an Land getragen und in eine Höhle gebettet, dies ist wiederum keine unabdingbare Erläuterung. Denn das Bild vom Schlafenden allein vermittelt mir die volle Erlösungsvision, auf die das Gedicht zuläuft.

Die magische Vokabel ist das »Endlich«, mit dem der zweite der beiden Sätze beginnt. Befreiung, Ruhe, Geborgenheit, das kindliche Aufatmen bei der Mutter nach langem Elend, alles steckt in diesem »Endlich«. Mächtig und ergreifend wäre das Gedicht schon, wenn es nur auf dieses Heimfinden im Schlaf hinausliefe. Auch der große Täter, heißt das, erringt das Ziel nicht nur mit seinem wachen Wissen und Wollen; das Geschenk muß dazukommen, lautlos, so wie der Schlaf uns allnächtlich geschenkt wird. Schiller, der Prophet der menschlichen Autonomie, gesteht hier mit einer unvergeßlichen Gebärde deren Grenzen ein.

Dann gelingt ihm noch eine Steigerung. Das Bewußtsein kehrt zurück, das Denken, Wissen, Wollen. Der Täter analysiert die Lage und verzweifelt. Immer noch fremd, immer noch im Elend, erneut die Schrecken des Meeres, die Schrecken des Landes … Und er klagt, wie er immer geklagt hat, zehn Jahre lang, seit er Troja zerstörte. Schreien, heulen, wimmern dürfen ja die Männer bei Homer; das Pokerface im Schmerz ist eine spätere Erfindung.

Die Szene ist fast komisch und schneidet einem doch ins Herz. Alles ist gut, aber er kann es nicht glauben. Denn er kennt diese Welt. Erlösung, denkt er, gibt es hier nicht. Nur Weiterleiden und Sich-Schinden ohne Ende. Klagt hier nicht Schiller selbst um das Weltvertrauen, das die Götter Goethe geschenkt, ihm aber verweigert haben?

Friedrich Schiller

Punschlied

Vier Elemente,
Innig gesellt,
Bilden das Leben,
Bauen die Welt.

Preßt der Zitrone
Saftigen Stern,
Herb ist des Lebens
Innerster Kern.

Jetzt mit des Zuckers
Linderndem Saft
Zähmet die herbe
Brennende Kraft,

Gießet des Wassers
Sprudelnden Schwall,
Wasser umfänget
Ruhig das All.

Tropfen des Geistes
Gießet hinein,
Leben dem Leben
Gibt er allein.

Eh es verdüftet
Schöpfet es schnell,
Nur wenn er glühet,
Labet der Quell.

Die verborgene Flamme

Dies ist Schillers schmalstes Gedicht. Seine graphische Gestalt fällt ins Auge, bevor man das erste Wort gelesen hat. In den alten Ausgaben steht es meist allein auf einer Seite, alle sechs Strophen untereinander – eine zierliche Säule. So müßte es immer gedruckt werden; denn in dieser äußeren Form steckt die innere Bedeutung, versteckt sich der Sinn.

Die Klarheit der ersten Strophe täuscht nämlich. Sie entwirft ein Programm, das anschließend gar nicht eingehalten wird. Was sie in Aussicht stellt, ist eine Parallelsetzung der vier Elemente Wasser, Feuer, Erde, Luft mit den vier Bestandteilen des Punsches und vier Grundkräften des Lebens. Eine schön gebaute Komposition wird versprochen: die Welt als ein Gefüge korrespondierender Vierheiten.

Um dieser durchgehenden Vierzahl willen wird sogar unterschlagen, daß der Punsch eigentlich aus fünf Zutaten besteht. Der Name des heißen Getränks, das zu Schillers Zeiten Mode wurde und bei den Romantikern schon bald der Mittelpunkt kultischer Veranstaltungen war, leitet sich von einem indischen Wort für die Zahl Fünf her, eben wegen der fünf Bestandteile Zitrone, Zucker, Wasser, Arrak und Gewürz. Schiller aber will die Vierheit, so wie auch jede einzelne Strophe vier Zeilen hat und zweimal vier Hebungen und sich sogar im optischen Umriß dem Quadrat nähert.

Man beginnt nach der Spielregel der ersten Strophe zu lesen – und nichts geht auf! Die vier Elemente im Punsch? Wasser und Luft (Geist) sind zwar ohne weiteres erkennbar, aber die Zitrone als das Feuer? Da reicht die Wendung von der »brennenden Kraft« wohl nicht ganz aus. Und der Zucker müßte ja dann die Erde sein, was noch viel weniger einleuchtet.

Das System klemmt. Und wenn man neu ansetzt und die vier Dinge statt auf die Elemente auf das Leben bezieht, dann erscheinen zwar Zitrone und Zucker durchaus stimmig als das Bittere und das Süße im

Dasein – doch wofür steht jetzt das Wasser? Das System klemmt auch von dieser Seite.

Dennoch geht das Gedicht herrlich auf, man muß nur das Ganze anschauen. Das Ganze ist nicht Quadrat, sondern schlanker Pfeiler, ist fein und bebend wie eine Flamme. Und die Elemente geben einen mächtigen Sinn, sobald man sie als bewegte Teile eines einzigen Prozesses sieht, eines geheimnisvollen Vorgangs der Steigerung und Läuterung, der Sublimation im ältesten Wortsinn.

Nicht vom stehenden Weltgefüge und von dauernder Ordnung ist hier in Wahrheit die Rede, sondern von einem rasend flüchtigen Ablauf, nicht vom klassisch Beständigen, sondern vom kleistisch oder romantisch Verzehrenden. Die Bewegung ist ein senkrechtes Aufsteigen: von der schweren Bitternis in die Milderung, von der Milderung in die Verflüssigung, die gleich weitersteigt in den feuchten Äther: »Wasser umfänget / Ruhig das All.« (Sind das nicht die zwei schönsten Verse?) Der letzte, höchste Moment aber, das Ereignis des Geistes, der Gewinn der reinen Idee oder der Freiheit – für Schiller sind die Wörter austauschbar –, kann nun eintreten, und er tut es auch und krönt die alchimistische Weltoperation. Jetzt ist das Leben lebbar in seinen gewaltigsten Möglichkeiten, aber das muß rasch geschehen. Denn die hohe Stunde ist flüchtig wie der erhitzte Arrak.

Durch den kühnen grammatischen Fehler des letzten Satzes – »er verdüftet«, »schöpfet ihn« müßte es, auf den »Quell« bezogen, heißen – wird der Punsch metaphysisch. Das »es« bezieht sich zurück auf das Wort »Leben« in der vorherigen Strophe und setzt damit den brennenden Trunk mit dem Scheitelpunkt menschlicher Existenz gleich. – Zwei Jahre später war Schiller tot.

Johann Peter Hebel

Wie heißt des Kaisers Töchterlein?

Ratet aus, ratet ein!
Wie heißt des Kaisers Töchterlein?
Wie heißt das grausame Mädchen?
Einst spann es am blutigen Rädchen,
einst schürt' es hell die Flammen an
zum Menschenbraten lobesan;
dann zeichnet es rote Stickerei
auf Judenhaut zu guter Frist;
anjetzt es eine alte Jungfer ist,
und doch sind ihm noch Männer treu.

Todernste Heiterkeit

Kann man das lesen, ohne zu erschrecken? Das Gedicht kommt so verspielt daher und handelt von den entsetzlichsten Dingen. Was geht da vor? Daß die Strophe das Schreckliche nicht verharmlosen will, zeigt sich rasch. Der liebliche Auftakt, der an Volkslieder erinnert, an zierliche Bilder und Gestalten in der Art etwa von Kleists Käthchen, wird sogleich deutlich kontrastiert durch die Wörter »grausam« und »blutig«, durch die Vorstellung flammender Scheiterhaufen und schließlich durch jenes Wort, das dem heutigen Leser schrill und quälend durchs Gehör reißt: »Judenhaut«. Aber dieser Kontrast hebt das Zierliche und Anmutige nicht auf, er verbindet sich damit vielmehr in einer unheimlichen, seltsam faszinierenden Weise.

Das Fürchterlichste, was Menschen einander antun können, wird verkindlicht. Das Rad der mittelalterlichen und barocken Folterstätten wird zum hurtigen Spinnrad, dem biedermeierlichen Sinnbild für Fleiß und Sittsamkeit. Und auch das immer wiederkehrende Schänden und Schinden der Juden – sie ließ ja nie lang auf sich warten, die nächste »gute Frist« – gewinnt den Charakter einer häuslichen Handarbeit in warmer Stube. Daneben ist dann wohl die reinliche Küche zu denken, wo das Töchterlein ebenso emsig waltet und ins Feuer bläst »zum Menschenbraten«.

Das sei nun eben Ironie, könnte man sagen, bittere Ironie. Der Begriff reicht nicht aus. Wie es bei Hebel, dem allzu bekannten Unbekannten, auch sonst geschieht, schwingt im locker Hingesagten unversehens ein älteres und anderes Reden mit. Was vernehmbar wird, ist mythischer Bericht. Hinter diesem Töchterlein erscheint der dunkle Umriß der Atropos, der kleinsten, aber schrecklichsten der Moiren, der Schicksalsgöttin mit dem Faden in der einen, der Schere in der andern Hand – häusliches Gewerbe treibend auch sie …

Schicksal also zuletzt alles? Die unablässige Arbeit der Folterknechte in der Geschichte bis zum heutigen Tag: alles Schicksal? Der Henker als Konstante des Menschlichen, gespiegelt in einer mythischen Chiffre von graziöser Grausamkeit? Gottfried Benn hätte es sich vielleicht so denken können, Ernst Jünger wohl auch, Hebel nicht. Im Augenblick, wo er den mythischen Umriß zum Vorschein kommen läßt, setzt er sich auch schon wieder von ihm ab. Die Schändung der Menschen durch die Menschen ist von diesen selber eingerichtet und gewollt, nicht von höheren Mächten, und also kann sie auch beseitigt werden. Dafür setzt sich das Gedicht ein.

Und zwar ist dies ganz konkret zu verstehen. Der kleine Text ist eine Charade, ein Rätsel, bei dem es ein bestimmtes Wort herauszufinden gilt. Charaden waren damals beliebt. Hebel hat viele geschrieben, aber von dieser hier hat er mehr gehalten als von den anderen. So wenigstens äußerte er sich gegenüber dem Verleger Cotta, als er ihm im Januar 1810 den Text zur Publikation im »Morgenblatt« zuschickte. Die Lösung, der Name des Töchterleins, lautet »Carolina«. Gemeint ist die *Constitutio Criminalis Carolina*, die Peinliche Halsgerichtsordnung Kaiser Karls V., die, 1532 eingeführt, mit ihren phantasiereichen Vorschriften über das Foltern der Verdächtigen und das Hinrichten der Verurteilten das Tor zu einem Kontinent der Qualen wurde.

Die *Carolina* galt auch in Baden, und sie galt dort, nach Abschaffung der Folterparagraphen, bis in die Mitte des 19. Jahrhunderts. Noch die Revolutionäre von 1848, Struve und Blind, die legendären Freischärler im Schwarzwald, wurden aufgrund der *Carolina* dem Verfahren des geheimen Inquisitionsprozesses unterworfen. Fünfzig Jahre früher, zu Hebels Zeit, war die Neuregelung des Strafrechts in Baden eine große Streitsache. Das Edikt von 1803 erklärte ausdrücklich die *Carolina* zur fortgeltenden Rechtsordnung. Wie humanisiert sie auch immer war, sie enthielt noch genug, was dem aufgeklärten Denken anstößig sein mußte. Hebel protestierte dagegen mit seiner Rätselstrophe.

Friedrich Hölderlin

An die Deutschen

Spottet ja nicht des Kinds, wenn es mit Peitsch' und Sporn
Auf dem Rosse von Holz mutig und groß sich dünkt,
Denn, ihr Deutschen, auch ihr seid
Tatenarm und gedankenvoll.

Oder kömmt, wie der Strahl aus dem Gewölke kömmt,
Aus Gedanken die Tat? Leben die Bücher bald?
O ihr Lieben, so nimmt mich,
Daß ich büße die Lästerung.

Der Schatten Hamlets

Da sind zwei junge Männer, gleichaltrig, um die siebenundzwanzig Jahre. Der eine ist Hauslehrer in Frankfurt, hat ein Verhältnis mit der Hausfrau, schreibt an einem Roman und versucht, seine Gedichte in Zeitschriften und Almanachen unterzubringen. Der andere zieht als General über die Schlachtfelder Europas, teilt den Kontinent neu auf und wird schon bald als Herrscher aller Franzosen in den Tuilerien residieren. Der eine ist namenlos, der andere verkörpert die historische Größe. Für beide aber hat die Französische Revolution die Welt verändert. Beiden hat sie einen neuen Begriff gegeben von der Geschichte und von ihrer eigenen Stellung darin.

Im Gedicht des namenlosen Magisters Hölderlin versteckt sich auch das Ereignis Napoleon. Herzstück der zwei Strophen ist das Bild vom niederfahrenden Blitz. Der »Strahl aus dem Gewölke« ist die höchste Metapher in Hölderlins Werk. Sie meint, wo sie auftaucht, die Schrecksekunde einer Neugeburt, gefährlich, zerstörerisch, wunderbar die Welt verwandelnd. Sie meint den Umschlag von Lethargie und Dumpfheit in gemeinsames Handeln. Sie meint, daß die Kerker bersten, daß die alten Götter wiederkehren, daß Griechenland in Deutschland Auferstehung feiert.

Der niederfahrende Blitz verkörpert jenes »Jetzt!«, das an den erregtesten Stellen in Hölderlins Werk förmlich aufdröhnt. »Jetzt aber tagts!« heißt es in der Hymne »Wie wenn am Feiertage ...«. Sie handelt vom dreifach zeugenden Blitz, der die Natur verwandelt, die Geschichte und die Dichter. Fünfmal ertönt dieses »Jetzt!« in der Feiertagshymne, so wie das »nun« im »Gefesselten Strom« als grandiose Kaskade laut wird: »und nun gedenkt er seiner / Kraft, der Gewaltige, nun, nun eilt er, / Der Zauderer, er spottet der Fesseln nun ...«

Der Glaube an das welthistorische Jetzt als eine Möglichkeit der unmittelbaren deutschen Gegenwart flammt, vom Ereignis Napoleon entfacht, nur kurze Zeit durch Hölderlins Gedichte. Er zerscherbelt schon in den letzten Zeilen der Feiertagshymne. Aber die Vorstellung von einem dereinst kommenden Jetzt bleibt lebendig. So auch im Gedicht »An die Deutschen«. Das doppelte »kömmt« nimmt sich hier wie ein Echo jener gehäuften »jetzt« und »nun« aus.

Erst das Wissen um die Bedeutung des »Strahls« macht die böse Schärfe des Gedichts offenbar. Der Knabe auf dem Schaukelpferd wird vor der Silhouette des jungen Siegers Napoleon zur Karikatur. Mit dem Wort »Lästerung« gesteht der Text das ein. Und der Ausdruck: »so nimmt mich« – so nehmt und bestraft mich – ist nicht etwa eine Zurücknahme der Beleidigung, sondern bekräftigt sie. Sie gilt so lange, bis der Strahl »kömmt«.

Dennoch bleibt es nicht beim Hohn. Der Hohn allein ist wohlfeil. Schroff gegensätzlich zum Hohn steht die berühmte Zeile: »Tatenarm und gedankenvoll«. Sie bringt Gerechtigkeit in die Attacke. Ein tragischer Schatten fällt über die Verse, der Schatten Hamlets. Keine andere Figur hat für das Nachdenken über Deutschland eine solche Rolle gespielt. »Deutschland ist Hamlet!« wird Freiligrath im Namen aller Vormärzler ausrufen. Auch Heine begreift sein welthistorisches »Amt« im Aufwecken des tatgehemmten Deutschland. Wie Hölderlin sieht er das Land an der Spitze der Weltphilosophie. In der politischen Reglosigkeit ereignen sich hier die gewaltigsten Umbrüche des Denkens. So stürmt Hamlets Intellekt alle Barrikaden, während seine Hand den Degen nicht vom Leder bringt. Wenn das einmal zum Ausgleich käme! Wenn solches Denken in Handeln umschlüge!

Umso unheimlicher berührt die schlichte Frage: »Leben die Bücher bald?« Sie erklärt die Errungenschaften der kühnsten Reflexion erbarmungslos für tot, wenn sie nicht dazu führen, die Welt neu einzurichten, in republikanischer Freiheit. Es sollte noch lange dauern.

Adelbert von Chamisso

Tragische Geschichte

'S war einer, dem's zu Herzen ging,
Daß ihm der Zopf so hinten hing,
Er wollt' es anders haben.

So denkt er denn: wie fang ich's an?
Ich dreh mich um, so ist's getan –
Der Zopf, der hängt ihm hinten.

Da hat er flink sich umgedreht,
Und wie es stund, es annoch steht –
Der Zopf, der hängt ihm hinten.

Da dreht er schnell sich anders 'rum,
's wird aber noch nicht besser drum –
Der Zopf, der hängt ihm hinten.

Er dreht sich links, er dreht sich rechts,
Es tut nichts Guts, es tut nichts Schlechts –
Der Zopf, der hängt ihm hinten.

Er dreht sich wie ein Kreisel fort,
Es hilft zu nichts, in einem Wort –
Der Zopf, der hängt ihm hinten.

Und seht, er dreht sich immer noch
Und denkt: es hilft am Ende doch –
Der Zopf, der hängt ihm hinten.

Sisyphos in preußischer Uniform

Dreht er sich etwa heute noch? – Auszuschließen ist es nicht. Gerüchteweise verlautet, da und dort sei einer in konzentrierter Rotation gesichtet worden. Ob es sich um Politiker handelt, ist nicht mit Sicherheit auszumachen. Einschlägige Vermutungen könnten auch auf böswillig ausgestreute Nachreden zurückzuführen sein.

Den Zopf im Nacken steif gedreht, so marschierte der preußische Soldat in die Schlacht, so bot er auf dem Exerzierplatz seinem prügelnden Korporal den Buckel hin, immer gehorsam.

Die Revolutionszeit schaffte das fahle Ding ab, die Restauration führte es wieder ein. Jetzt wuchs ihm Symbolkraft zu. Einen Zopf verbrannten die Studenten 1817 auf dem Wartburgfest feierlich und folgenlos. Es war ihnen zu Herzen gegangen, sie wollten es anders haben, und unbeirrbar blieb er hinten hängen.

Ob Chamisso sein Gedicht 1822 so harmlos und nur kurzweilig gemeint hat, wie er es selber etwa sagte, ist nicht auszumachen. Man darf es jedoch vermuten. Die großen Würfe kommen absichtslos zustande. Wo mythischer Fundus berührt wird, darf kein Wille dazu tätig sein. Die Surrealisten wußten das, es hat ihnen allerdings nichts genützt. Gottfried August Bürger wußte es nicht; ihm gelang die andere Zopf-Geschichte von archetypischem Zuschnitt: Münchhausen zieht sich aus dem Sumpf. Oder geht jener Einfall etwa auf einen Größeren zurück? Als Bürger den »Münchhausen« bearbeitete und mit einem einzigen Satz um das berühmteste Abenteuer erweiterte, verkehrte er in Göttingen mit Lichtenberg.

Was also dreht sich da vor den Augen des lachenden Lesers? Sisyphos ist es, in preußischer Uniform. Man merkt das nicht ohne weiteres. Der Dichter selbst hat den antiken Dulder nicht erkannt. Dennoch ist er hier anwesend, mit der Kraft des alterslosen Zeichens. Unter seinem ersten Namen war er zum Bildungsgut verkommen, von den Schullehrern doziert und abgefragt, Kulturballast, ein Allerweltszitat im besten Falle, da stahl er sich verkleidet wieder in die Poesie. »Er war als listig und verschlagen bekannt« – so wird schon über sein Erdenleben berichtet. Kein Wunder, daß ihm die Wiederkehr gelingt.

Worin besteht die List? – In der Verwandlung der großen Sage ins Kleine und ins Lustige. Da versucht sich ein Jahrhundert des Mythischen zu bemächtigen über gesteigerte Feierlichkeit und waberndes Reden, vergebens. Gleichzeitig tauchen die alten Bilder und Figuren anderswo auf, dort, wo keiner sie sucht: in der angeblich harmlosen Literatur, die um ihres Unterhaltungswertes willen toleriert wird, von der zeremoniellen Exegese aber ausgeschlossen bleibt. So wohnt Hermes, der Gott der Diebe, unerkannt bei Johann Peter Hebel.

Und woran erkennen wir den Alten aus dem Hades? – An der Verwandlung des Gedichts im Finale. Die Tätigkeit des Helden verselbständigt sich, löst sich von der Logik eines einmaligen kuriosen Versuchs, gewinnt absurde Geschwindigkeit und wird endlos. Der Träger gerät mit seinem Zopf in ein Treiben auf immer und ewig, zur Hoffnung verdammt wie Sisyphos oder die Danaiden.

Münchhausens Zopf steht für den Traum von der Befreiung durch das Brechen aller Regeln und Gesetze, die sich selbst als absolut erklären; der Zopf Chamissos steht für das Gegenteil. Hier wäre jetzt wieder auf die Politik zurückzubiegen.

Ludwig Uhland

Fräuleins Wache

Ich geh all Nacht die Runde
Um Vaters Hof und Hall'.
Es schlafen zu dieser Stunde
Die trägen Wächter all.
Ich Fräulein zart muß streifen,
Ohn Wehr und Waffen schweifen,
Den Feind der Nacht zu greifen.

Oh weh des schlimmen Gesellen!
Nach Argem steht sein Sinn.
Würd ich nicht kühn mich stellen,
Wohl stieg er über die Zinn'.
Wann ich denselben finde,
Wie er lauert bei der Linde,
Ich widersag ihm geschwinde.

Da muß ich mit ihm ringen
Allein die Nacht entlang;
Er will mich stets umschlingen,
Wie eine wilde Schlang';
Er kommt vom Höllengrunde,
Wie aus eins Drachen Schlunde
Gehn Flammen aus seinem Munde.

Und hab ich ihn überwunden,
Halt ihn im Arme dicht;
Doch eh die Sterne geschwunden,

Entschlüpft mir stets der Wicht.
Ich kann ihn niemand zeigen,
Muß meinen Sieg verschweigen
Und mich in Trauer neigen.

Wie Liebe auf den Teufel kommt

Ein schlaues Gedicht, ein listiges Gedicht, so schlau und listig wie die Frau, die darin spricht. Ein ungebärdiges Gedicht aber auch. Es will sein Geheimnis nicht hergeben – wie die Frau, die darin spricht.

Die Zeitgenossen und den Dichter selbst hat es überfordert. Noch zu Lebzeiten Uhlands verschwand es wieder aus der offiziellen Sammlung. Niemand hat es vertont, auch Schumann nicht, der ihm als einziger musikalisch gewachsen gewesen wäre.

Im guten Bürgerhaus, dem Träger aller literarischen Kultur im 19. Jahrhundert, war kein Platz für solche Strophen. Hier rezitierte man »Des Sängers Fluch« und »Droben stehet die Kapelle«. Seither ist Uhlands genuines Genie verschollen.

Das Geheimnis dieses Gedichts: Man merkt, daß gelogen wird. Auch daß um der Liebe und des Begehrens willen gelogen wird, aus den ersten und ältesten Ursachen der Verstellung unter den Menschen, steht bald einmal fest. Aber wer belügt wen?

Die unheimlichste Möglichkeit: Das Fräulein betrügt sich selbst. Es ist gefangen in den zeremoniellen Formen, die festlegen, wann und wie eine Frau zu einem Mann in Körpernähe kommen darf. Ein fahrender Ritter besingt sie vielleicht, und sie setzt ihm den Kranz auf; oder sie lächelt dem Turniersieger zu, wenn er in Schweiß und Staub und Blut unter die Brüstung tritt, rauchend von den Zeremonien der Männlichkeit. Eines Tages dann wird sie vorteilhaft verheiratet. Sie findet das alles richtig, und wenn die Träume kommen, in denen es ganz anders zugeht, verbietet sie sich diese sehr streng.

So gesehen wäre das Gedicht eine Ballade von der Wiederkehr der verstoßenen Träume. Leibhaftig kommen sie zurück, wenn auch verkleidet, gerade so weit verkleidet, daß das Verbot sich erübrigt und der Wunsch sich doch erfüllen kann. Der schöne Geliebte ist nun ein Höllengast, das zarte Spiel der Umarmungen ein Ringen auf Leben und

Tod – was soll's, zuletzt hält doch eines das andere die ganze Nacht umklammert.

Aber eben, es ist ein schlaues Gedicht, und alles kann auch ganz anders sein. So etwa: Das Fräulein weiß, was es will und was es tut, weiß, wie die Gesetze seiner Zeit es einsperren und wie man sie überlistet. Es schlägt sie mit deren eigenen Waffen, verteufelt das Verteufelte noch mehr, schafft eigenhändig eine Dämonenmaske und gewinnt dahinter seine Freiheit. So besehen ist sie eine Hexe – von der schönen, klugen, souveränen Art.

Das Gedicht trägt selbst schon eine Maske: das Mittelalterliche. Es strebt den fremden Klang der Minnesänger-Verse an und braucht einzelne Wörter in der mittelhochdeutschen Bedeutung. »Widersagen« heißt hier »den Krieg erklären«; der seltsame Vers »Ich widersag ihm geschwinde« bedeutet: »Ich fordre ihn auf der Stelle zum Kampf heraus.«

Dennoch kann man die Strophen nicht einfach exotisch lesen. Das psychologische Wissen, das sich darin ausspricht, schlägt durch alles Dekor durch, sprengt das Altdeutsche wie das Schwäbisch-Biedermeierliche. Im gleichen Jahr entstanden wie die »Wahlverwandtschaften« und »Penthesilea«, reflektiert das Gedicht, wie eine kleine Scherbe, einen Moment lang deren gefährliches und trauriges Licht.

Joseph von Eichendorff

Herbstklage

Herbstnebel ziehn über den Weiher,
Das ist recht des Todes Bild!
Und tagelang sinnet der Reiher
Am Ufer dort einsam wild.

Mein Liebchen das hat mich verlassen,
Die Freunde sind alle weit,
Und Garten und Wälder erblassen
Und singen von tiefem Leid.

Verschneit liegt bald alles darnieder,
Wir selber wir werden alt
Und kennen einander nicht wieder,
Verkümmert, zerstreut und kalt. –

Zum Wald denn! da raset lautschallend
Das Horn durch des Windes Schrein,
Da krachen die Wipfel, und fallen
Zum Abgrund Strom, Baum und Stein.

Und Schneewolken jagt's übern Weiher,
Die Windsbraut singt ihren Gruß,
Rasch stürzt in den Strom sich der Reiher –
Ach, daß ich hier stehen muß!

Der Sturmwind und die bleierne Welt

Als junger Mann war er mit Kleist bekannt, in älteren Jahren mit Stifter. Aus der tragischen Romantik, in der das Wirklichkeitsvertrauen der Aufklärung zersplitterte, lebte Eichendorff, der adlige Poet, weit in das bürgerliche Jahrhundert hinein, dessen Erzähler sich aus einem neuen Wirklichkeitsvertrauen heraus der Erziehung des Volkes zu einem vernunftgelenkten Leben widmeten.

Eichendorff wurde kein Erzieher. Er blieb der tragischen Romantik verhaftet. Obwohl er vielen Männerchören die wackere Zunge löste. »Wer hat dich, du schöner Wald«, fragen sie heute noch mehrstimmig und gefühlsbewegt, »aufgebaut so hoch da droben?« Das tönt nicht eben dämonisch. Und doch dämmert selbst hinter diesem Text, den Mendelssohns Vertonung zum Volkslied machte, Eichendorffs symbolische Untergangslandschaft. In dieser gibt es nur zwei Möglichkeiten, die ekstatische Lust oder die tote Zeit, den herrlichen Aufbruch in die Katastrophe oder das philiströse Verharren in einem sinnlosen Jetzt.

Die Popularität einiger Eichendorff-Gedichte verdeckt den dunklen Grund des maßgeblichen Werks. Warum wird die vielerörterte Wiederkehr der immergleichen Wörter, Zeichen und Situationen in seinen Versen nie zur klappernden Stereotypie? Dieses eigentliche Wunder seiner Kunst liegt darin begründet, daß die Ausweglosigkeit nie endet, daß sie verzweifelt immer und immer wieder ins Wort drängt. Jedes Eichendorff-Gedicht ist ein Bannspruch. Jedes beschwört und bespricht rituell einen Schmerz, der mit dem Leben selbst gegeben ist. Da waltet reale Magie. Nicht zufällig spielt das Begriffsfeld um Zaubern und Zauberei bei diesem Autor eine so große Rolle. Selbst sein berühmtester Text, »Schläft ein Lied in allen Dingen ...«, trägt die Überschrift »Wünschelrute«.

Die »Herbstklage« kehrt die übliche Ereignisfolge in Eichendorffs lyrischem Reden um. Sie beginnt mit der toten Zeit und endet mit dem ekstatischen Aufbruch. In der erkalteten Welt, die von der späten deutschen

Romantik so oft und gespenstisch beschworen wurde – Caspar David Friedrichs »Eismeer«, Wilhelm Müllers und Schuberts »Winterreise«, Gottfried Kellers »Winternacht« –, entsteht eine plötzliche ungeheure Bewegung. Sie ist auch poetisch sensationell. Wald und Jagdhorn, die alten Versatzstücke des Dichters, geraten in einen singulären Taumel, eine Raserei von Untergang und Verzückung. Der Wald »rauscht« jetzt nicht mehr, das Horn »irrt« nicht länger her und hin, sondern alles tobt und kracht und stürzt »zum Abgrund«. Es ist dies aber kein Ende, sondern ein herrlicher Vollzug, und mittendrin singt die »Windsbraut«, die wilde Naturfrau, die das orgiastische Geschehen erotisch überglänzt. Der vierte Vers der zweitletzten Strophe, der Höhepunkt des Ganzen, ist auch rhythmisch aufregend. Schon »lautschallend«, drei Zeilen vorher, war synkopisch aufgerauht. Die Zeile »Zum Abgrund Strom, Baum und Stein« aber löst das gegebene Metrum völlig auf. Die Takte stürzen durcheinander wie die Naturdinge. Keiner kann sagen, wie das zu lesen wäre.

Einmalig ist der Reiher. Er gehört nicht zum lyrischen Besteck des Autors, erscheint nur in diesem Gedicht. Während er zu Beginn reglos in der abgestorbenen Welt steht, ein Stellvertreter des sprechenden Ichs, setzt er sich am Ende von diesem ab. Er wird jedoch nicht zu einem andern Wesen, sondern reißt das Ich entzwei – ein Doppelgänger, ein Seelenvogel, der das bessere Teil entführt und eine leere Existenz zurückläßt.

Daraus ist nichts zu lernen. Selbst wenn am Schluß, wie es bei dem Schlesier oft geschieht, noch ein Stoßgebet folgte, ein Salto in den Glauben, wäre nichts daraus zu lernen. Für die Schulen ist das Gedicht ungeeignet. Aber warum hat das niemand vertont?

Joseph von Eichendorff

Waldesgespräch

Es ist schon spät, es ist schon kalt,
Was reit'st du einsam durch den Wald?
Der Wald ist groß, du bist allein,
Du schöne Braut, ich führ' dich heim!

»Groß ist der Männer Trug und List,
Vor Schmerz mein Herz gebrochen ist,
Wohl irrt das Waldhorn her und hin,
O flieh, Du weißt nicht wer ich bin!«

So reich geschmückt ist Roß und Weib,
So wunderschön der junge Leib,
Jetzt kenn ich dich – Gott steh mir bei!
Du bist die Hexe Lorelay.

»Du kennst mich wohl – vom hohen Stein
Schaut still mein Schloß in tiefen Rhein;
Es ist schon spät, es wird schon kalt,
Kommst nimmermehr aus diesem Wald!«

Die Loreley im Walde

Erotische Lockwesen tragen Namen mit L. Lola, Lili, Lulu, Lolita, Loreley. Den Anfang machte Lilith, nach jüdischer Überlieferung Adams erste Frau, die zur dämonischen Verführerin wurde. Vielleicht war sie die Schlange im Apfelbaum. Mephisto warnt den Faust vor ihr: »Nimm dich in acht vor ihren schönen Haaren.«

Am Rhein gab's einen hohen Felsen, der hieß Lorleberg oder Lurleiberg. Die Stelle war gefährlich für die Schiffer und berühmt wegen eines starken Echos. Man rief beim Vorbeifahren gegen die Wand hoch, und dreimal tönte es zurück. Abbrüche haben das Phänomen später beseitigt. Im Mittelalter war von Zwergen die Rede, welche hier Antwort gaben auf laute Orakelfragen. Eine schöne Frau namens Lore Lay hat erst Brentano erfunden, 1801. Vielleicht wegen des sinnlichen Doppel-L im Namen des Bergklotzes. In sie verliebten sich alle Männer. Sie war aber noch keine Sirene. Zur tödlichen Sängerin hat dann Otto Heinrich Loeben sie gemacht, ein vergessener Romantiker, dessen schlechtes Gedicht »Der Lurleyfels« von Heine zu einem unsterblichen Lied umgeschrieben wurde: »Ich weiß nicht, was soll es bedeuten ...«

Brentanos Ballade »Zu Bacharach am Rheine / Wohnt eine Zauberin ...« berichtet von einer Frau, die darüber verzweifelt, daß alle Männer ihr verfallen, während der eine, den sie liebt, sie verraten hat. Sie will die Männer nicht verderben und muß doch zuschauen, wie es geschieht. Vom Felsen am Rhein stürzt sie sich in den Tod. Dieses erste Loreley-Gedicht ist das hintergründigste von allen. Mit ihm ist die Sage entstanden, die Heine dreiundzwanzig Jahre später »ein Märchen aus alten Zeiten« nennt.

Eichendorff war der erste, der Brentanos mythische Stiftung aufgriff. Während dieser seine Strophen kaum zu bändigen vermochte, da sie durchschossen waren von seiner eigenen erotischen Verwilderung, geht Eichendorff mit dem Stoff fast klassisch sicher um. In der formalen Fügung verhalten sich die zwei Gedichte wie Brentanos Weiberwirtschaft zu Eichendorffs solider Ehe. Aber die gefestigte Gestalt bewahrt Leiden und Leidenschaft ungebrochen auf.

Eichendorff verschiebt das Geschehen mit einem kühnen Griff vom Echofelsen weg in seine eigene Seelenlandschaft. Die Loreley wird zur Waldfrau, einer Schwester der berühmteren Wasserfrauen. In ihr schlägt die widerchristlich vergöttlichte Natur die Augen auf und beginnt zu sprechen. Wie Tannhäuser im Venusberg verliert sich der Mann im Venuswald und kommt nie mehr nach Hause. Eichendorffs Wald ist immer auch Venuswald, Sehnsuchts- und Katastrophenort, Lust als rauschender Raum und lauernde Gefahr.

Man könnte versucht sein, in der letzten Zeile die Grausamkeit einer Femme fatale zu sehen, der Belle Dame Sans Merci von Keats oder einer Herodias aus dem Fin de Siècle. Doch die zweite Strophe zeigt unübersehbar den tragischen Umriß von Brentanos Lore Lay. Auch bei Eichendorff ist die schöne Frau eine Verratene, ist seelisch zerstört und muß zusehen, wie die Verliebten an ihr sterben. Vielleicht könnte der Mann im Wald sogar gerettet werden, würde er die Reiterin nicht erkennen wollen. Ihre Warnung deutet dies an: »O flieh«. Er aber bleibt und schaut und schaut, bis er weiß, was er sieht, und jetzt gibt es kein Zurück mehr.

Schumann hat das Gedicht vertont. Er hebt die zwei Stimmen, die darin sprechen, deutlich voneinander ab. Dabei wird die Rede der »Hexe Lorelay« tatsächlich Musik, wird zu Heines »wundersamer, gewaltiger Melodei«. Der Komponist hat die spätere Entwicklung der Loreley-Sage in den frühen Text hineinkomponiert und der nächtlichen Reiterin zur Schönheit hinzu auch gefährliche Sirenentöne verliehen. Oder sind diese schon im irrenden Waldhorn angedeutet, das seltsam unlogisch in der zweiten Strophe auftaucht? So unlogisch, daß es ein Teil der Seelenlandschaft sein muß, ein Grundklang des Venuswaldes.

Ferdinand Raimund

Das Hobellied

Da streiten sich die Leut herum
Oft um den Wert des Glücks,
Der eine heißt den andern dumm,
Am End weiß keiner nix.
Da ist der allerärmste Mann
Dem andern viel zu reich.
Das Schicksal setzt den Hobel an
Und hobelt s' beide gleich.

Die Jugend will halt stets mit Gwalt
In allen glücklich sein,
Doch wird man nur ein bissel alt,
Da find man sich schon drein.
Oft zankt mein Weib mit mir, o Graus!
Das bringt mich nicht in Wut.
Da klopf ich meinen Hobel aus
Und denk, du brummst mir gut.

Zeigt sich der Tod einst mit Verlaub
Und zupft mich: Brüderl, kumm!
Da stell ich mich im Anfang taub
Und schau mich gar nicht um.
Doch sagt er: Lieber Valentin!
Mach keine Umständ! Geh!
Da leg ich meinen Hobel hin
Und sag der Welt Adje.

Von alter Unanfechtbarkeit

In dem Gedicht muß ein Geheimnis stecken. Es kommt auf mich zu als Gemeinplatz, dann trifft es mich wie Erschütterung. Wie geht das zu? Das ist doch Wiener Biedermeier, ganz wie man es kennt, schon etwas muffig sogar, dem Verdacht falscher Ofenwärme nicht entzogen. Verschärft nicht Metternich eben jetzt, 1833, überall die Polizeikontrolle? Die Verhaftungen nehmen zu. In Paris hat es Revolution gegeben. Sie kann anstekken. Die Schweizer haben bereits nachgezogen. Büchner betet in diesem Herbst »jeden Abend zum Hanf und zu den Laternen«. Heine pulvert aus dem Exil; das saust in prächtiger Ballistik über die Vogesen. In Wien selbst singt Nestroy als besoffener Schuster das Lied vom Weltuntergang. Viele schaudert's.

Und jetzt diese Weltversöhnung! Die Einsprüche liegen auf der Hand. Aber das ist nun das Großartige an dem Gedicht: Es rechtfertigt sich selbst. Man braucht es gar nicht zu verteidigen. Es erledigt alle Einwände durch seine bloße Existenz. So wie es auch den tausendfachen Versuchen, es zu verkitschen, mühelos widerstanden hat. Es ist nicht umzubringen, von den Kritischen nicht und nicht von den Sentimentalen. Das muß seinen Grund haben.

Dieses Lied kommt weither. Es stammt gar nicht nur aus dem Wiener Biedermeier. So wie hier der Tischler Valentin an die Rampe tritt und zu den Leuten singt und redet, so hat es die Lustige Person auf der Wiener Bühne seit den Türkenkriegen getan. Als Hans Wurst und Kasper trieb sie es derber, obszön, geplagt von einem unverschämten Wanst. In Papageno wurde ihre vorzivilisierte Existenz verzaubert: Zum Hunger kam ein sehnsüchtiges Menschenherz, zum losen Maul die Musik aus Mozarts Todesjahr.

Auch Valentin trägt noch das Berufszeichen, den Hobel, wie Papageno den Vogelkäfig, wie Hans Wurst das Krautmesser. Alles Ungezähmte aber, der scharfe Geruch der freien Wildbahn, der die Aufklärer am Wiener

Lustigmacher so skandalisierte, hat sich verflüchtigt. – Wirklich? Wie hielt es denn der alte Possenreißer? Er zog mit den Großen, bewegte sich im Getümmel ihrer Rituale um Ehre, Liebe, Ruhm und Tod und überlebte, weil er immun war gegen alles Feierliche, weil ihm die hohen Ideen blauer Dunst waren angesichts einer Wurst, einer Flasche, einer weißen Brust.

Diese barbarische Unanfechtbarkeit der Lustigen Person ist in Valentin vergeistigt, ohne daß die alte List ganz verschwunden wäre. Auch hier geht es darum, den höchsten Werten der eigenen Gesellschaft zu entwischen, bevor sie einem den Tag verderben. Einst hieß das Ehre; jetzt heißt es Erfolg und Reichtum, heißt Karriere, die alles berechnen kann außer dem Tod. Glück bedeutet glücklicher sein als der Nebenmann und es diesem beweisen können.

Solchem Druck entzieht sich das Lied – nicht nur in Sanftmut. Der hauende Hobel ist kein harmloses Bild. Wer ihn am Werk sieht an lebendigen Menschen, treibt eine harte Philosophie. Hier ermöglicht sie ihm zuletzt das Äußerste, was Philosophie überhaupt erreichen kann, die vorsichtige Freundschaft mit dem eigenen Tod.

Annette von Droste-Hülshoff

Lebt wohl

Lebt wohl, es kann nicht anders sein!
Spannt flatternd eure Segel aus,
Laßt mich in meinem Schloß allein,
Im öden geisterhaften Haus.

Lebt wohl und nehmt mein Herz mit euch
Und meinen letzten Sonnenstrahl;
Er scheide, scheide nur sogleich,
Denn scheiden muß er doch einmal.

Laßt mich an meines Sees Bord,
Mich schaukelnd mit der Wellen Strich,
Allein mit meinem Zauberwort,
Dem Alpengeist und meinem Ich.

Verlassen, aber einsam nicht,
Erschüttert, aber nicht zerdrückt,
Solange noch das heil'ge Licht
Auf mich mit Liebesaugen blickt.

Solange mir der frische Wald
Aus jedem Blatt Gesänge rauscht,
Aus jeder Klippe, jedem Spalt
Befreundet mir der Elfe lauscht.

Solange noch der Arm sich frei
Und waltend mir zum Äther streckt,
Und jedes wilden Geiers Schrei
In mir die wilde Muse weckt.

Liebesnot und Gegenwehr

Das große Glück der Annette von Droste-Hülshoff dauerte ein halbes Jahr. Sie hatte es eingefädelt und dafür intrigiert und geflunkert, was das Zeug hielt. Die Sache war riskant. Es hätte zu üblen Nachreden, zu tödlichem Gelächter kommen können. Denn das adlige Fräulein von fünfundvierzig Jahren liebte einen siebenundzwanzigjährigen Literaten, Levin Schücking. Ihr Schwager hatte die Meersburg am Bodensee gekauft und dort seine riesige Bibliothek eingelagert. Annette erreichte nun, daß der junge Freund den Auftrag erhielt, die Handschriften zu ordnen, sechs Monate lang, und sie wohnte gleichzeitig als Gast ihrer Schwester im Schloß. Das ungleiche Paar sah sich jeden Nachmittag auf langen Spaziergängen. Er schätzte sie, die Freundin seiner verstorbenen Mutter, und förderte ihr Schreiben. Sie aber liebte ihn mit allen Seelenkräften, sagte es nicht und sagte es doch und nannte sich gleich wieder sein Mütterchen. In diese Zeit vom Oktober 1841 bis April 1842 fiel die erstaunlichste Produktion der Droste. Sie schrieb wie in Trance, um dem geliebten Mann täglich die neuen Verse vorzulesen.

Dann zog er weg. Ein Jahr darauf heiratete er eine Schriftstellerin. In hilflosen Briefen hatte Annette versucht, das Geschehen aufzuhalten. Das junge Paar war so taktlos, die einsame Frau auf der Meersburg zu besuchen. Als die beiden abreisten, wußte sie, daß sie den Mann für immer verloren hatte. Jetzt entstand das Gedicht – ein Schrei aus Verzweiflung, Trotz und Stolz. Ein Frauengedicht, wie es kein zweites gibt in der deutschen Literatur.

Selbst hier noch muß sie kaschieren. Sie spricht von beiden – »Lebt wohl« – und meint doch nur ihn, den Mann. Erst die Metapher vom Sonnenstrahl ermöglicht es ihr, die Wahrheit im Singular zu sagen: »Er scheide, scheide nur sogleich, / Denn scheiden muß er doch einmal.« Was bleibt, ist tote Zeit. Das »öde Haus«, von dem sie hier spricht, macht sie im gleichen Jahr zum Thema eines ihrer unheimlichsten Gedichte.

Scheinbar sachlich ein zerfallendes Gebäude beschreibend, redet sie darin gnadenlos von sich, ihrem zerfallenden Leib und Leben. Ein Baudelaire-Gedicht aus der deutschen Provinz.

Und dann der Gegenzug. Eben noch hat sie vom »letzten Sonnenstrahl« gesprochen, jetzt feiert sie, unbekümmert um die Logik, das »heil'ge Licht«. Es ist ein Gegenlicht, eine gewaltige zweite Sonne. Sie geht unerwartet auf, mitten in der Beschreibung der neuen Einsamkeit, als wie zufällig das Wort »Zauberwort« fällt, »mein Zauberwort«. Dieses verwandelt das Gedicht und die Frau. Großartig erhebt sich jetzt unter der Gegensonne die Gegendroste, nicht das ältliche Fräulein, das kurzsichtige, von der Mutter tyrannisierte, von den Männern verratene Wesen, sondern eine Seherin und Sängerin ohnegleichen.

Das ist sie, und sie weiß es und lebt darin herrlich auf. Geliebt weiß sie sich von dieser Sonne, er soll es nur hören, der andere, geliebt von der ganzen Natur, deren Laute sie auffängt mit dem schärfsten Ohr der deutschen Literatur. Stolz übernimmt sie in der letzten Strophe die Haltung und Gebärde einer archaischen Sängerin. Man denkt an die Sappho der Griechen, an die Debora des Alten Testaments; »frei« und »wild« sind die Schlüsselwörter in diesem Finale. Ein eingekerkertes Leben versichert sich seiner Schöpferkraft. Diese ist gefährlich, ungezähmt wie der Geier, dessen Schrei sie erweckt. Und für einmal strahlt sogar die alte Wirklichkeit der Musen wieder auf, durch keinen Bildungsplunder verstellt, ihre furchtbare Gewalt, von der die Mythen berichten. Die Berge bebten, wenn die Musen sangen. Grausam waren sie, rachsüchtig. Den Sirenen rissen sie die Federn aus und steckten sie sich lachend ins Haar. Von dieser archaischen Macht verspürt Annette von Droste etwas, wenn sie sagt, daß ihr Arm sich nicht nur frei, sondern »frei und waltend« zum Äther strecke.

Das war am 30. Mai 1844. Vier Jahre später, fast auf den Tag genau, ist sie gestorben. »Versungen und versengt«, wie sie von der toten Lerche sagte.

Heinrich Heine

Belsatzar

Die Mitternacht zog näher schon;
In stummer Ruh lag Babylon.

Nur oben in des Königs Schloß,
Da flackert's, da lärmt des Königs Troß.

Dort oben in dem Königssaal
Belsatzar hielt sein Königsmahl.

Die Knechte saßen in schimmernden Reihn,
Und leerten die Becher mit funkelndem Wein.

Es klirrten die Becher, es jauchzten die Knecht;
So klang es dem störrigen Könige recht.

Des Königs Wangen leuchten Glut;
Im Wein erwuchs ihm kecker Mut.

Und blindlings reißt der Mut ihn fort;
Und er lästert die Gottheit mit sündigem Wort.

Und er brüstet sich frech, und lästert wild;
Der Knechtenschar ihm Beifall brüllt.

Der König rief mit stolzem Blick;
Der Diener eilt und kehrt zurück.

Er trug viel gülden Gerät auf dem Haupt;
Das war aus dem Tempel Jehovahs geraubt.

Und der König ergriff mit frevler Hand
Einen heiligen Becher, gefüllt bis am Rand.

Und er leert ihn hastig bis auf den Grund,
Und er rufet laut mit schäumendem Mund:

Jehovah! dir künd ich auf ewig Hohn –
Ich bin der König von Babylon!

Doch kaum das grause Wort verklang,
Dem König ward's heimlich im Busen bang.

Das gellende Lachen verstummte zumal;
Es wurde leichenstill im Saal.

Und sieh! und sieh! an weißer Wand
Da kam's hervor wie Menschenhand;

Und schrieb, und schrieb an weißer Wand
Buchstaben von Feuer, und schrieb und schwand.

Der König stieren Blicks da saß,
Mit schlotternden Knien und totenblaß.

Die Knechtenschar saß kalt durchgraut,
Und saß gar still, gab keinen Laut.

Die Magier kamen, doch keiner verstand
Zu deuten die Flammenschrift an der Wand.

Belsatzar ward aber in selbiger Nacht
Von seinen Knechten umgebracht.

Knalleffekt und Raffinesse

Ist das nicht die bekannteste aller Balladen? Die Vermutung sei geäußert, ohne dem »Erlkönig« und dem »Taucher«, »John Maynard« und »Des Sängers Fluch« zu nahe treten zu wollen. Das Gedicht hat im breitesten Bewußtsein Karriere gemacht, und während vom »Grab im Busento« bis zu »Nis Randers« tausend Evergreens vergilbten, lärmt Belsatzars Troß ungehindert weiter. Die Schule hat dabei natürlich ihre Hand im Spiel. Lehrpersonen zeigen eine geheimnisvolle Neigung zu dem Text. Wer ihn nie auswendig lernen mußte, soll vortreten!

Heine hat bessere Gedichte geschrieben, raffiniertere nur wenige. Er operiert wie ein Postmoderner mit allen Spielformen der Trivialität. Das Metrum läßt er klappern, die Reime schnappen, die Wortwahl ist grell und die Moral von der Eindeutigkeit jener Kinnhaken, die einen Match beenden. Aber gleichzeitig gibt er ständig zu verstehen, daß er diese Effekte sehr überlegt setzt. Auf jede Kraßheit folgt ein Moment tatsächlicher Subtilität. Insbesondere die delikaten Rhythmuswechsel lassen das Klappern und die Sprachschminke als Zitat eines naiveren Redens erscheinen: Einer, der es anders kann, will es diesmal so. Das bestätigt sich in der Art, wie erzählt wird. Zwischen die Strophen, die nach bänkelsängerischer Manier jede mit einer Szene zusammenfallen, fügen sich prachtvolle Steigerungen über mehrere Verspaare hin.

Dennoch garantiert das alles noch keinen, garantiert vor allem nicht diesen Erfolg. Er wird etwas einsichtiger, wenn man nach der Pointe fragt. Sie erweist sich als verblüffend doppelläufig. Das Gedicht kann ebensogut jakobinisch wie monarchistisch gelesen werden. Revolutionäre Seelen genießen darin den Sturz des Königs, dem die Geschichte das Menetekel an die Wand geschrieben hat; die Konservativen aber dürfen mit Befriedigung zusehen, wie der Aufstand gegen die göttliche Ordnung bestraft wird.

Der letzte Grund für den Erfolg ist jedoch auch so noch nicht benannt.

Ich wage nur zögernd davon zu reden, denn es geht um das Seelenleben der Schullehrer. Vieles deutet darauf hin, daß sie die Ballade, ohne sich dessen bewußt zu sein, als die ins Mythische gesteigerte Darstellung einer Schulklasse erleben, wo der Lehrer vorübergehend fehlt. In Belsatzar erkennen sie instinktiv jenen sommersprossigen Rädelsführer, der in jeder Klasse steckt und unweigerlich zu »frevlen« Handlungen schreitet und »grause Worte« äußert, sobald der Pädagoge sich kurzfristig verzieht. Wer wüßte nicht, erinnerte sich nicht mit Scham und Lust, wie es da zugeht (»er brüstet sich frech, und lästert wild«) und wie alle anderen es genießen (»Der Knechtenschar ihm Beifall brüllt«). Und heimlich horchte doch jeder auf die nahenden Schritte im Korridor.

Was für den sensiblen Erzieher aber die Assoziation zwischen dem babylonischen Gelage und einem tobenden Schulzimmer endgültig zwingend macht, ist die Schrift an der Wand. Wunderbar, wie hier des Lehrers eigenstes Medium zur Apotheose findet. Die Tafel an der Wand, auf die er selbst täglich die Wahrheit in hellen Zeichen setzt, an der von seiner Hand erscheint, was gilt und Gesetz ist und notfalls ein Strafmaß festhält, sie wird zum numinosen Ort verklärt, vor dem der lärmende Troß verstummt und dem totenblassen Rädelsführer die frevlen Knie schlottern. Das kann man wirklich nur noch auswendig lernen lassen.

Heinrich Heine

Der Scheidende

Erstorben ist in meiner Brust
Jedwede weltlich eitle Lust,
Schier ist mir auch erstorben drin
Der Haß des Schlechten, sogar der Sinn
Für eigne wie für fremde Not –
Und in mir lebt nur noch der Tod!
Der Vorhang fällt, das Stück ist aus,
Und gähnend wandelt jetzt nach Haus
Mein liebes deutsches Publikum,
Die guten Leutchen sind nicht dumm,
Das speist jetzt ganz vergnügt zu Nacht,
Und trinkt sein Schöppchen, singt und lacht –
Er hatte recht, der edle Heros,
Der weiland sprach im Buch Homeros':
Der kleinste lebendige Philister
Zu Stukkert am Neckar, viel glücklicher ist er
Als ich, der Pelide, der tote Held,
Der Schattenfürst in der Unterwelt.

Heine in extremis

Heines Sterben dauerte jahrelang. Es wurde zu einem europäischen Schauspiel. Viele reisten deswegen nach Paris. Zu Hause beschrieben sie dann sein Krankenlager, wie er litt und klagte und zwischendurch die schrillen Witze riß.

Er lag auf fünf gestapelten Matratzen wie die Prinzessin im Märchen, war von schweren Lähmungen gezeichnet, konnte die Augen nur noch zu schmalen Spalten öffnen. Wenn er las oder schrieb, zog er mit der Linken das rechte Augenlid hoch. Die Wärterin trug ihn vor den Augen der Besucher herum wie ein Baby, mühelos, zu so geringem Gewicht war er abgemagert. Das wahrhaft Unglaubliche an diesem Marterbild aber war, daß sein Geist, sein Denken, seine Schöpferkraft gänzlich ungebrochen blieben. Heine war produktiv bis zur buchstäblich letzten Stunde. Die Manuskripte dieser Wochen zeigen eine kräftige Schrift mit großen, klaren Buchstaben.

»Wir liegen und singen jahrelang«, heißt es einmal bei Kafka, in einem hintersinnigen Reflex auf den bekannten Spott über die Arien der sterbenden Opernhelden. Was Kafka symbolisch meinte, galt für Heine wörtlich. Hätte er dahindämmern können, wäre alles einfacher gewesen. Aber sein fabelhaftes Gehirn stachelte ihn auf. Das Gedicht »Der Scheidende«, eines seiner allerletzten, macht die Erfahrungen des Schmerzensmannes auf alle Zeiten hörbar.

Der Text glitzert von Mehrdeutigkeiten. Er ist frech, wütend, klagend und stolz. Die Ausgangsbehauptung, er habe Abschied genommen von aller »weltlich eitlen Lust«, ist ein ironisches Zitat aus dem Diskurs der christlichen Askese. So möchte ihn die Welt jetzt gerne sehen, den alten Spötter. Der anschließende Schrei nach den Genüssen der Spießer deckt die Scheinhaftigkeit dieser Erklärung auf. Das gleiche gilt vom angeblich erstorbenen Haß. Dieser blieb in Heine lebendig wie die Liebe. Und so sehr das paradoxe Wort im sechsten Vers, daß der Tod in ihm lebe, medizinisch stimmt, so wenig trifft doch zu, daß es »nur noch« der Tod sei. Denn kaum hat er das gesagt, beweist er auch schon das Gegenteil und beginnt eine neue trotzige Inszenierung seiner Person.

Er spielt darauf an, daß sein jahrelanges Sterben ein öffentliches Schauspiel war. Mit seinem Tod fällt also ein Theatervorhang. Das Publikum aber, das an dem makabren Stück sein Vergnügen fand, sind die deutschen Philister, die Heine stets brüskiert, attackiert und skandalisiert hat, nicht zuletzt die Schwaben in Stuttgart, Stukkert am Neckar, deren beliebte Dichter er im »Schwabenspiegel« dem allgemeinen Gelächter preisgab. Jetzt gehen sie dort essen, als wäre seine Tragödie nichts weiter als ein Kasperspiel gewesen. Dieses biedere Vergnügen hinter dem deutschen Bierglas, über das er sich von seinem lichterglänzenden Paris aus so gern lustig machte, wird ihm nun zum Gegenstand von Neid und wilder Sehnsucht. Die verzweifelte Aufwallung verbirgt sich hinter dem seltsamen Gedankenstrich am Ende des zwölften Verses.

Was Heine hier nicht direkt aussprechen kann, löst eine Erinnerung aus, und diese führt zu seiner letzten hochfahrenden Selbstdarstellung. Homer berichtet, wie Odysseus in der Unterwelt dem toten Achilles begegnet, dem Peliden, und ihn preist als den Fürsten des Totenreichs. Dieser aber erwidert, er wäre lieber der armseligste Tagelöhner auf der sonnigen Erde als im Orkus der König der Schatten. Die Szene ermöglicht es Heine, sich in einer winzigen Offenbachiade mit dem antiken Helden gleichzusetzen und dessen Klage zu der seinigen zu machen. »Ich, der Pelide«, das ist hinter allen ironischen Flittern sehr ernst gemeint. Er weiß sich unsterblich in seinem Werk, und ganz so sicher ist es nicht, daß er, wenn er denn könnte, wirklich zu Stukkert am Neckar unter den guten Leutchen sitzen würde.

Eduard Mörike

Die schöne Buche

Ganz verborgen im Wald kenn ich ein Plätzchen, da stehet
Eine Buche, man sieht schöner im Bilde sie nicht.
Rein und glatt, in gediegenem Wuchs erhebt sie sich einzeln,
Keiner der Nachbarn rührt ihr an den seidenen Schmuck.
Rings, soweit sein Gezweig der stattliche Baum ausbreitet,
Grünet der Rasen, das Aug still zu erquicken, umher;
Gleich nach allen Seiten umzirkt er den Stamm in der Mitte;
Kunstlos schuf die Natur selber dies liebliche Rund.
Zartes Gebüsch umkränzet es erst; hochstämmige Bäume,
Folgend in dichtem Gedräng, wehren dem himmlischen Blau.
Neben der dunkleren Fülle des Eichbaums wieget die Birke
Ihr jungfräuliches Haupt schüchtern im goldenen Licht.
Nur wo, verdeckt vom Felsen, der Fußsteig jäh sich hinabschlingt,
Lässet die Hellung mich ahnen das offene Feld.
– Als ich unlängst einsam, von neuen Gestalten des Sommers
Ab dem Pfade gelockt, dort im Gebüsch mich verlor,
Führt' ein freundlicher Geist, des Hains auflauschende Gottheit,
Hier mich zum erstenmal, plötzlich, den Staunenden ein.
Welch Entzücken! Es war um die hohe Stunde des Mittags,
Lautlos alles, es schwieg selber der Vogel im Laub.
Und ich zauderte noch, auf den zierlichen Teppich zu treten;
Festlich empfing er den Fuß, leise beschritt ich ihn nur.
Jetzo, gelehnt an den Stamm (er trägt sein breites Gewölbe
Nicht zu hoch), ließ ich rundum die Augen ergehn,
Wo den beschatteten Kreis die feurig strahlende Sonne,
Fast gleich messend umher, säumte mit blendendem Rand.
Aber ich stand und rührte mich nicht; dämonischer Stille,

Unergründlicher Ruh lauschte mein innerer Sinn.
Eingeschlossen mit dir in diesem sonnigen Zauber-
Gürtel, o Einsamkeit, fühlt ich und dachte nur dich!

Aus der Zeit getreten

Zu den wiederkehrenden Vorstellungen bei Mörike gehört der Sturz in das eigene Innere, »als versänk ich tief in mich selbst, wie in einen Abgrund, als schwindelte ich, von Tiefe zu Tiefe stürzend«. Was dort ist, weiß er nicht zu sagen. Einmal spricht er von der »nächtigen Ferne der Gottheit«. Die Erfahrung ist stark. Wie soll er damit umgehen? Er ist kein Philosoph, als Theologe eher kläglich. Soll er von der Kanzel verkünden, Gott hause in der Tiefe? Überdies ereignet sich die Erfahrung immer im erotischen Kontext. Soll er etwa das von der Kanzel sagen? Er, der gescheiterte Liebhaber, auch als Gatte eher kläglich? Soll er sagen: Wenn ihr in der Liebe in eure eigene Tiefe stürzt, findet ihr den finsteren Gott?

Dabei graust ihm vor allen andern, wie sie sind, wie sie leben, die Eingerichteten, Erfolgreichen, die satten Gatten. Mit dreißig ist er Pfarrer, mit neununddreißig pensioniert. Immer hat er »Don Giovanni« im Ohr, seine Lebensmusik. Nur selten wird in seinen Versen die ganze Wahrheit hörbar: »O Zeit, blutsaugendes Gespenst! / Hast du mich endlich satt? so ekel satt, / Wie ich dich habe?«

Das muß man wissen, wenn man den Ort betritt, von dem »Die schöne Buche« handelt. Es ist ein magischer Ort, der andere Ort. Wer ihn betritt wird verwandelt. Er wird dahin gelockt, wird »eingeführt« wie in ein Mysterium. Ihn lenkt die »auflauschende Gottheit«. So heißt es in einer hinreißenden Wendung. Der Verstoß gegen das Metrum führt hier zu zwei Hebungen nacheinander, die das Auflauschen frappierend versinnlichen. Der Ort liegt im Schwäbischen und in der griechischen Antike. Als ob einer dahin gestürzt wäre, von Tiefe zu Tiefe.

Die Anlage ist vollkommen, wie von Archimedes gezeichnet. Die Kreisgestalt bestimmt alles, darauf beharren die Verse am dringlichsten: »rings«, »umzirkt«, »Rund«, »umkränzt«, »Kreis«. Die Kunstform ist Natur, die Natur reine Form. Senkrecht steht die Sonne über der Buche. Nur das »fast gleich messend« gesteht ein, daß Schwaben nicht am Äquator liegt. Dazu das Schweigen, die »dämonische Stille«. »Dämonisch« ist konkret zu nehmen. Es meint Pan, den Herrn der Nymphen, also auch der schönen Auflauschenden, die hier behaust ist. Pan, der Hirtengott, zottig, faunisch, phallisch, schläft am hohen Mittag. Um seinetwillen stehen die Winde still, schweigen die Vögel, regt sich kein Tier.

Die Buche ist die Achse der Welt. Um sie sind die vier Kreise gezogen: des Geästes, des Schattens, des Sonnenrings, des Waldrands. Hier ist alles im Lot, nichts in der Trennung. Das Bedrohliche ist außerhalb. Es wird durch ein winziges Zeichen angedeutet: »wo, verdeckt vom Felsen, der Fußsteig jäh sich hinabschlingt«. Das ist der Riß im Kreis, gefährlich, er führt zu den andern – zurück in die laufende Zeit.

Am Ende taucht für den Kreis eine Metapher auf, harmlos, denkt man: Zaubergürtel. Das Wort wird aber seltsam hervorgehoben. Es bildet einen im ganzen Gedicht singulären Zeilensprung und wird dadurch doppelt betont: »Zauber-Gürtel«. Auch das ist konkret zu nehmen. Es gibt dafür nur ein Vorbild: das gestickte Band, das Aphrodite unter den Brüsten trägt, das gewaltigste Aphrodisiakum. Hera borgte sich diesen Gürtel einmal aus, um Zeus in Liebesraserei zu versetzen, und der rief: »So war es noch nie!« Homer erklärt uns das Ding: »Drin waren alle die Zauber enthalten: / Drin war Liebe und Liebesverlangen und Liebesgeplauder, / Wie es schon oft verständigen Männern die Sinne berückt hat.«

Damit wird die vollkommene Welt um die schöne Buche erotisiert. Und jetzt erkennt man auch die Zeichen, die von Anfang an darauf deuteten, vom »seidenen Schmuck« über Eichbaum und Birke bis zum »zierlichen Teppich«, der an ein Schlafgemach erinnert. Der Mann aber, der da steht, was ist mit ihm? Auch er ist ganz. Er »fühlt« und »denkt« zugleich, unzertrennt. Aus aller Zeit ist er, daher reglos, aber ganz bei sich und frei und in der pochenden Mitte der Welt.

Hermann von Gilm zu Rosenegg

Allerseelen

Stell auf den Tisch die duftenden Reseden,
Die letzten roten Astern trag herbei
Und laß uns wieder von der Liebe reden,
    Wie einst im Mai.

Gieb mir die Hand, daß ich sie heimlich drücke,
Und wenn man's sieht, mir ist es einerlei;
Gieb mir nur einen deiner süßen Blicke,
    Wie einst im Mai.

Es blüht und funkelt heut auf jedem Grabe,
Ein Tag im Jahre ist den Toten frei;
Komm an mein Herz, daß ich dich wieder habe,
    Wie einst im Mai.

Die letzten Blumen

Die literarische Unsterblichkeit kann seltsame Wege gehen. Autoren gibt es, die schreiben ihr Leben lang und sinken mit all ihren Büchern lautlos in Vergessenheit. Statistisch gesehen bilden sie wohl überhaupt die melancholische Mehrheit. Andere tauchen nach Jahrzehnten wieder auf und gelten plötzlich, was sie zu Lebzeiten nie gegolten haben. Besonders merkwürdig sind jene, von deren ausgreifendem Œuvre ein einziger Text überlebt. Fouqué gehört zu ihnen, mit der »Undine«. Niemand mag seine endlosen Romane mehr lesen, aber die »Undine« klettert immer neu aus ihren Flüssen und Brunnen an Land und läuft triefend durch Seminare und Lesekränzchen.

Ähnlich steht es mit Hoffmann von Fallersleben. Ihm verdankt die Nachwelt neben viel Geklimper und Geklapper zwei Evergreens, und zwar in einer Paarung, die es in sich hat: »Deutschland, Deutschland über alles« und »Ein Männlein steht im Walde«.

Mit Hermann von Gilm zu Rosenegg, einem österreichischen Generationsgenossen der Keller, Storm, Fontane, der allerdings schon 1864 starb, ging es noch seltsamer zu. Sein Name ist niemand mehr vertraut, aber eines seiner Gedichte lebt im allgemeinen Bewußtsein fort. Es ist sogar bloß die erste Strophe, von der dies mit Sicherheit gesagt werden kann. Sie existiert bald als Ganzes weiter, bald nur in einzelnen Versen. Der Refrain »Wie einst im Mai« hat sich vollends vom Gedichtkörper abgesetzt und ist sprichwörtlich geworden.

Eine wahrhaft extravagante Unsterblichkeit also. Soll man sie zufällig nennen? Lieber nicht. Erinnern ist anstrengend. Vergessen erleichtert. Was bleibt, muß etwas an sich haben, das es unersetzlich macht. Und in der Tat sind diesem Autor hier eine Handvoll Verse von eigentümlicher Magie gelungen. Die erste Strophe ist ein lyrisches Ereignis. Warum?

Die Klangregie der Zeilen allein kann es nicht ausmachen. Allerdings geht das Gedicht auch darin über die Poetik seiner Zeit hinaus. Es entwickelt eine gedehnte Musikalität, ein Languendo, das auf die Lyrik der Jahrhundertwende vorausweist und, über sie hinweg, auf die süchtigen Zeilen Gottfried Benns. Auch Astern und Reseden gehören ja in die erlesene Bennsche Blumenreihe. Daß die Erinnerung an Gilms Verse dazu beigetragen hat, ist nicht auszuschließen. Auch Richard Strauss hat das Gedicht schon früh, 1885, vertont (Opus 10. Nr. 8).

Dennoch, die Klänge allein tun's nicht. Hinzu tritt die Verbindung von Eindeutigkeit und Geheimnis. »Und laß uns wieder von der Liebe reden …« Ist das alles? Oder kommt es nur darauf an? »Kommt, reden wir zusammen / wer redet, ist nicht tot«, wird es bei Benn heißen. Daß Liebe Gespräch ist, wie sehr sie immer auch Gespräch ist, redselig, von Nonsens durchsetzt und kindlich erzählversessen nach den wortlosen Augenblicken, davon haben Gilms Verse eine Ahnung. Und daß zuerst die herzliche Rede stirbt, wenn Liebe kaputtgeht, wissen sie ebenfalls. Der Text lebt vom Paradox, daß »von der Liebe reden« einen Abstand bezeichnet und gleichzeitig ein ureigenstes Element der Liebe. Dieses Paradox wird nicht aufgelöst. Auch am Schluß noch ist die Liebe nur als Tote wieder lebendig, fast unheimlich: »Ein Tag im Jahre ist den Toten frei.«

Die mittlere Strophe hält die Höhe der andern beiden nicht. Da hört man eher jenen Mann, von dem die »Neue deutsche Biographie« treuherzig berichtet: »… er besaß die Gabe, die Erlebnisse seiner zahlreichen Liebschaften in wohlklingende Verse zu bannen.« Daß aus diesem Geschäft ein einziges Mal etwas anderes wurde, gehört zu den winzigen Wundern der Literatur.

Friedrich Hebbel

David und Goliath

Diesen Riesen zu töten, war leicht für den mutigen Hirten,
Welcher, im Schleudern geschickt, sicher versandte den Stein.
Schwerer fand er es schon, den Toten des Haupts zu berauben,
Doch es gelang ihm zuletzt durch den verdoppelten Streich.
Aber dem Letzten erliegt er, er soll es dem König ja bringen,
Und nun schleppt er sich tot an der gewaltigen Last.

Armer Sieger

David und Goliath – warum hat sich diese Geschichte den Menschen so eingeprägt? Tausend andere Episoden aus der Bibel kennen nur noch die Fachleute oder die besonders gründlichen Gläubigen. Aber wer David und Goliath sind, weiß jeder. Der Riese, der Prahler, unbesiegbar, ein lärmender Überrowdy, vor dem alle sich verkriechen:

Er hatte Knochen wie ein Gaul
Und eine freche Stirn
Und ein entsetzlich großes Maul
Und nur ein kleines Hirn.

So hat ihn Matthias Claudius nachgereimt. Und dann steht unverhofft der Hirtenjunge dem Ungetüm gegenüber, mit nichts als seiner Schleuder, und der Stein fliegt, und der Dichter hat wieder zu reimen:

Da fiel der große Esel hin,
So lang und dick er war.
Und David haut' in guter Ruh
Ihm nun den Kopf noch ab dazu.

Das Vergnügen, mit dem Claudius seine Verse hinsetzt, stammt aus dem Vergnügen an der Moral der Geschichte: Auch der Gewaltige kann besiegt werden, auch der Schwache kann triumphieren, wenn er nur Mut hat und einige Geschicklichkeit. Daß diese Moral mehr ein Wunschtraum ist als eine Erfahrung, hat der Geschichte nicht geschadet. Im Gegenteil. Hier liegt der Grund zu ihrem Erfolg.

Jetzt kommt Friedrich Hebbel und kehrt alles um. Auf die unnötigste, unsinnigste Art, so scheint es, verwandelt er die populäre kleine Legende in eine Absurdität. Und dies im klassischen Maß, in Distichen, jener

Form, in der Schiller der Klarheit seines Denkens griechischen Umriß gab.

Dabei war Hebbel selbst auf das Denken erpicht bis zum Fanatischen. Er glaubte, daß die Wahrheit in den philosophischen Systemen wohnt, wie nur ein Deutscher es glauben kann. Die Überzeugung, daß die größte Dichtung mit den Systemen zur Deckung kommen müsse, statt deren Begrenztheit zu erweisen, hat ihm vermutlich die eigene Möglichkeit zu größten Dichtungen verstellt.

Gelegentlich allerdings läßt er seiner Einbildungskraft die Zügel schießen. Gelegentlich verzichtet er darauf, seine steile Idee vom Weltprozeß in Bilder zu übersetzen, und läßt die Bilder selber wuchern. Dann wird der Mann, der einem wie das verkörperte 19. Jahrhundert erscheint und dessen Tragödien sich ausnehmen wie die Haupthalle des Musée d'Orsay, unverhofft modern. Er hört nicht zu denken auf, aber er denkt nun aus der Imagination heraus. In den Tagebüchern führt dies zu einer versteckten Kultur des Grotesken, des Absurden, einer schrägen metaphysischen Komik. Da erfindet er den »Ehemann, der sich von seiner Frau jedesmal Quittung geben läßt, wenn er seiner Pflicht Genüge getan hat«, oder den »Einsiedler, der in einem Wirtshaus wohnt«. Er denkt sich einen aus, »der an einem Tage alle Gebote zugleich erfüllt und übertritt«, und einen anderen läßt er erklären: »Ich habe nie geliebt. Ich bin kurzsichtig.«

Auch die Umformung der Goliath-Geschichte nährt sich aus Hebbels heimlicher Leidenschaft zum Grotesken. Daß David sich am Haupt des Riesen zu Tode schleppt, enthält ein mythisches Element, das die kontrollierte Philosophie sprengt. Der Kopf scheint ja wahrhaftig noch zu wachsen in den Händen des Siegers, zu wachsen, bis alle Logik von Triumph und Niederlage sich ins Gegenteil verkehrt hat. Die künstlerische Leistung des Textes aber besteht in der antiken Lapidarität, mit der die drei Doppelverse das Geschehen vor uns hinstellen.

Erst jetzt wird das Ganze seinerseits zur Provokation. Das Gedicht, das in allen Hebbel-Ausgaben und Hebbel-Anthologien auf dem Markt fehlt, zwingt selbst zum Denken. Plötzlich merkt man, daß hier eine historische

Wahrheit anschaulich wird, an der das späte 20. Jahrhundert hilflos laboriert. Kolonialreiche zu stürzen, Tyranneien zu beseitigen, waffenstarrende Herrschaft zu liquidieren, Todesstreifen und verminte Grenzen zu öffnen: es erschien einst als das Schwierigste überhaupt, war das Undenkbare schlechthin. Doch wie leicht erscheint es heute angesichts der Last, die mit den unförmigen Trümmern zu schleppen geblieben ist.

Theodor Storm

Von Katzen

Vergangnen Maitag brachte meine Katze
Zur Welt sechs allerliebste kleine Kätzchen,
Maikätzchen, alle weiß mit schwarzen Schwänzchen.
Fürwahr, es war ein zierlich Wochenbettchen!
Die Köchin aber – Köchinnen sind grausam,
Und Menschlichkeit wächst nicht in einer Küche –,
Die wollte von den sechsen fünf ertränken,
Fünf weiße, schwarzgeschwänzte Maienkätzchen
Ermorden wollte dies verruchte Weib.
Ich half ihr heim! – Der Himmel segne
Mir meine Menschlichkeit! Die lieben Kätzchen,
Sie wuchsen auf und schritten binnen kurzem
Erhobnen Schwanzes über Hof und Herd;
Ja, wie die Köchin auch ingrimmig dreinsah,
Sie wuchsen auf, und nachts vor ihrem Fenster
Probierten sie die allerliebsten Stimmchen.
Ich aber, wie ich sie so wachsen sahe,
Ich pries mich selbst und meine Menschlichkeit. –
Ein Jahr ist um, und Katzen sind die Kätzchen,
Und Maitag ist's! – Wie soll ich es beschreiben,
Das Schauspiel, das sich jetzt vor mir entfaltet!
Mein ganzes Haus, vom Keller bis zum Giebel,
Ein jeder Winkel ist ein Wochenbettchen!
Hier liegt das eine, dort das andre Kätzchen,
In Schränken, Körben, unter Tisch und Treppen,
Die Alte gar – nein, es ist unaussprechlich –
Liegt in der Köchin jungfräulichem Bette!
Und jede, jede von den sieben Katzen
Hat sieben, denkt euch! sieben junge Kätzchen,

Maikätzchen, alle weiß mit schwarzen Schwänzchen!
Die Köchin rast, ich kann der blinden Wut
Nicht Schranken setzen dieses Frauenzimmers;
Ersäufen will sie alle neunundvierzig!
Mir selber! ach, mir läuft der Kopf davon –
O Menschlichkeit, wie soll ich dich bewahren!
Was fang ich an mit sechsundfünfzig Katzen! –

Humanität und Fortpflanzung

Ist das wirklich Storm? Ist das der Dichter aus dem Nebelland, der die graue Stadt am Meer besingt und schwere Strophen baut über Vergänglichkeit und Todesnähe? Bei dem die Liebenden einander stets mit so tiefem Ernst in die Augen schauen? Dem in der Verdüsterung zuweilen magische Verse gelingen:

Über die Heide hallet mein Schritt;
Dumpf aus der Erde wandert es mit.

Ist das wirklich Storm? Diese Katzen-Burleske, diese Wiederkehr des Zauberlehrlings als Tierfreund?

Die bürgerliche Lyrik hat im 19. Jahrhundert eine eigentümliche Humorkultur entwickelt, die heute gerne übersehen oder hinter den angeblich essentielleren Leistungen zurückgesetzt wird. Sie gilt als biedermeierlich, obwohl sie von inneren Spannungen bebt. Nicht selten operiert sie mit der Idyllentradition, bricht diese aber ironisch auf und durchsetzt sie mit dunklen Untertönen. Das zieht sich von Mörike über Gottfried Keller bis zu Wilhelm Busch.

»Von Katzen« gehört dazu. In jeder Hinsicht.

Das spürbare Vergnügen des Autors an seinem häuslichen Epos darf über den künstlerischen Ehrgeiz, der gleichzeitig am Werk ist, nicht hinwegtäuschen. Alles ist so formsicher gefügt, so präzis gesetzt von Vers zu Vers, so musikalisch in den Variationen und Kontrasten, so behutsam in der Steigerung vom Idyll zur Groteske, vom Alltäglichen zum Absurden, so witzig schließlich in der eingebauten Arithmetik, die den Leser tatsächlich zum Nachrechnen zwingt, daß der Verdacht auf eine unterhaltsame Fingerübung verfliegen muß.

Es sind wenige immer wiederkehrende Elemente, aus denen sich das Gedicht aufbaut. Ein geschulter Strukturalist könnte alles von der Opposition zwischen dem Substantiv »Katze« und seinem Diminutiv »Kätzchen« herleiten. Mit »Katze« hebt das Gedicht an, sachlich, und sachlich, mit »Katze«, endet es; dazwischen breiten sich die »Kätzchen« aus, die Wörter wie die Wesen. Vom Wort »Kätzchen« läuft das Diminutiv weiter zu den »Schwänzchen«, »Stimmchen« und »Wochenbettchen«. Dieser sprachliche Gegensatz gewinnt Fleisch und Blut im Zusammenstoß zwischen dem Hausvater und der Köchin. Sie hält nichts von Kätzchen, kennt nur Katzen; er ist in die Kätzchen verliebt, will keine Katzen sehen und muß zuletzt doch, grimmig zerknirscht, der Widersacherin recht geben. Seine Kapitulation steckt im Ausruf, mit dem das Gedicht schließt: »sechsundfünfzig Katzen!« Er hätte gewarnt sein können, ist ihm doch selbst im dreizehnten Vers das »Schwänzchen« zum »Schwanz« geworden, in der zweideutig schillernden Wendung: »erhobnen Schwanzes«.

Auf die Seite des Hausvaters gehört auch die »Menschlichkeit«, als Wort wie als Einstellung, auf die Seite der Köchin dagegen »ertränken«, »ermorden«, »ersäufen«, dreifach das Verbum, einfach die Haltung. Humanität versus Grausamkeit. Eine saubere Unterscheidung, und sauber trennt sich damit das Gute vom Bösen. Mindestens zu Beginn. Dann zerfällt die moralische Ordnung Schritt für Schritt. Der prächtig aufgebaute Gegensatz wird diffus. Das triumphale Bewußtsein der sittlichen Überlegenheit, das den Hausvater im Kampf mit dem herzlosen Drachen beflügelt hat – »Ich half ihr heim!« –, mündet in einen Kollaps der Werte. Am Ende steht nicht der Sieg der Köchin, die jetzt, sorgfältig nachgerechnet, vierundfünfzig Katzen zu ersäufen begierig ist – und ihr Sieg wäre ebendieses Massaker –, am Ende steht die Sorge des Hausvaters. Der berühmte Kafka-Titel darf hier mit einer gewissen Berechtigung beigezogen werden.

Die Sorge gipfelt im Ausruf: »O Menschlichkeit, wie soll ich dich bewahren!« Das ist fraglos komisch, aber nicht zuletzt deshalb, weil darin der erhabenste Begriff der aufgeklärten Kultur zitiert wird. Die Sorge dieses Hausvaters ist die ironische Wiederkehr des Konflikts von Goethes Iphigenie. Man könnte sich aus der Affäre ziehen und sagen, hier sei die Humanität eben zur Sentimentalität verkommen und es gehe um eine

Warnung vor solchen Entwicklungen. Mag sein. Wichtiger ist die Frage, von welcher Macht die Humanität bedroht wird. Es ist die rücksichtslose Natur, die maßlos zeugende, ist ihre gänzlich außermoralische Beschaffenheit. Das vermehrt sich und frißt sich auf, unabsehbar und gleichgültig. Die Köchin weiß es, der Hausvater nicht. Ihre Ungeschultheit steht der damals neuen Naturwissenschaft, der von Darwin geprägten Biologie, näher als seine klassische Bildung. Das macht die Komödie auch zum Zeitgedicht.

Gottfried Keller

Waldlied

Arm in Arm und Kron an Krone steht der Eichenwald verschlungen,
Heut hat er bei guter Laune mir sein altes Lied gesungen.

Fern am Rande fing ein junges Bäumchen an sich sacht zu wiegen,
Und dann ging es immer weiter an ein Sausen, an ein Biegen;

Kam es her in mächt'gem Zuge, schwoll es an zu breiten Wogen,
Hoch sich durch die Wipfel wälzend kam die Sturmesflut gezogen.

Und nun sang und pfiff es graulich in den Kronen, in den Lüften,
Und dazwischen knarrt und dröhnt es unten in den Wurzelgrüften.

Manchmal schwang die höchste Eiche gellend ihren Schaft alleine,
Donnernder erscholl nur immer drauf der Chor vom ganzen Haine!

Einer wilden Meeresbrandung hat das schöne Spiel geglichen;
Alles Laub war weißlich schimmernd nach Nordosten hingestrichen.

Also streicht die alte Geige Pan der Alte laut und leise,
Unterrichtend seine Wälder in der alten Weltenweise.

In den sieben Tönen schweift er unerschöpflich auf und nieder,
In den sieben alten Tönen, die umfassen alle Lieder.

Und es lauschen still die jungen Dichter und die jungen Finken,
Kauernd in den dunklen Büschen sie die Melodien trinken.

Im Weltwind

Schlägt die Gefährdung der Natur auf die Literatur zurück, die von ihr singt? Wir bangen heute um Pflanzen und Tiere, auch um die Wälder, die bei Tieck und Eichendorff noch so gewaltig rauschten und so endlos sich dehnten, daß der Mensch darin ganz klein wurde. Ewig erschienen sie, wie die Sterne und die Gletscher und die Ozeane. Heute verschwinden die Fische aus den Meeren und die Gletscher schmelzen. Nur den Sternen kann nichts passieren. Gelegentlich entpuppt sich aber sogar bei diesen ein besonders schönes Exemplar unversehens als Satellit und ist vielleicht ein Stück Schrott.

Der Eichenwald, dem Gottfried Keller gelauscht, dessen Töne er in die wunderbar gestreckten Verse übersetzt hat, sind wir daran, ihn umzubringen? Ist das »Waldlied« inzwischen zum Nachruf geworden? So merkwürdig es sich anhört: In Wahrheit war das Gedicht schon zu Kellers Lebzeiten ein Requiem.

Groß und berühmt in ganz Europa waren einst die Eichenwälder der Zürcher Landschaft, dort gegen den Rhein hin, wo Keller herstammte. Aber sie waren nicht reine Natur, man brauchte sie für die Schweine. Diese lebten von den Eicheln. Man trieb sie herdenweise in den Wald, den man pflegte und hegte um des Specks und der lieben Würste willen. »Die Schinken wachsen auf den Bäumen« war ein Sprichwort schon im Mittelalter. Aber dann kamen die Kartoffeln und ersetzten die Eichelmast; und es kamen die Eisenbahnen und benötigten Abertausende von Schwellen aus hartem Holz. Man hieb die Eichen um und machte ein schönes Geschäft. Keller gehörte zur letzten Generation, die die alte Pracht noch gesehen hat.

Aber Pracht immerhin, und im Gedicht ist sie da, und da bleibt sie auch, und mancher wird sagen, die Herrlichkeit der ersten sechs Strophen wachse noch durch unser heutiges Bewußtsein von der Gefährdung aller grünen Ursprünglichkeit. Durchaus rätselhaft aber ist, daß ein Dichter um die Mitte des 19. Jahrhunderts vom tönenden Wald schreiben kann, als wäre er der erste, als hätte es sich mit all den Kerner und Lenau und Eichendorff nicht längst ausgerauscht. Rätselhaft ist, daß es ihm so machtvoll gelingt, als wären jene andern seine Epigonen.

Die Romantiker hatten den Wald zum Ort des resignierten Rückzugs gemacht, der geträumten Vergangenheit und einer verbotenen Erotik, zum hohen Schauplatz ihrer Trauerkultur. Keller geht über sie hinaus, indem er hinter sie zurückgreift, zurück auf den Hölderlin von 1797, dem der Eichenwald ein unverhüllt politisches Sinnbild war. »... jeder ein Gott, im freien Bunde zusammen«, so redete dieser die Eichbäume an im gleichnamigen Gedicht und traf damit die kühnste Formel des republikanischen Denkens. In der kommenden Zeit sollte jeder ein König sein und gelassen neben seinen königlichen Brüdern stehen: Arm in Arm und Kron an Krone.

Also wäre das am Ende gar kein Naturgedicht? Doch, erst recht ist es eines. Es singt die Demokratie als eine Ordnung der Natur, als die Verlängerung des naturhaften Lebens in die Menschenwelt hinein. Wie die Musik der Bäume sich fortpflanzt in den Liedern der Dichter, pflanzt ihre Wechselrede sich fort im dröhnenden Streit der freien Volksversammlung. Dort entsteht die Kunst und hier das Recht. Durch beide bläst der Weltwind. War das nicht einst ein schöner Gedanke?

Conrad Ferdinand Meyer

Nicola Pesce

Ein halbes Jährchen hab ich nun geschwommen
Und noch behagt mir dieses kühle Gleiten,
Der Arme lässig Auseinanderbreiten –
Die Fastenspeise mag der Seele frommen!

Halb schlummernd lieg ich stundenlang, umglommen
Von Wetterleuchten, bis auf allen Seiten
Sich Wogen türmen. Männlich gilt's zu streiten.
Ich freue mich. Stets bin ich durchgekommen.

Was machte mich zum Fisch? Ein Mißverständnis
Mit meinem Weib. Vermehrte Menschenkenntnis.
Mein Wanderdrang und meine Farbenlust.

Die Furcht verlernt' ich über Todestiefen,
Fast bis zum Frieren kühlt' ich mir die Brust –
Ich *bleib* ein Fisch und meine Haare triefen!

Der Meermensch

Es hat sich gerächt, daß Conrad Ferdinand Meyer dieses Gedicht den Lesern kommentarlos vorlegte. So gebildet war man nun auch wieder nicht in jenen besseren Kreisen, an die der Dichter beim Schreiben als an die seinen zu denken liebte. Niemand kannte Nicola Pesce, einen Italiener anscheinend, aber gleich eingestehen mochte man das auch nicht – vielleicht war's doch eine peinliche Lücke. Und da sich ohnehin kein rechter Reim auf das Gedicht machen ließ, blätterte man eben weiter und hielt sich umso inniger an den »Römischen Brunnen«. Den kannten viele von der Hochzeitsreise.

Nur der Verleger äußerte einmal ganz diskret den Wunsch, der Autor möge doch dieses seltsame Stück wieder aus der Sammlung entfernen. Was nicht geschah. Zum Glück. So blieb eines der wenigen genuin phantastischen Gedichte aus dem späten deutschen 19. Jahrhundert erhalten.

Daß jede Erläuterung fehlt, ist nämlich der Clou. Es zwingt die Vorstellungskraft auf das Ereignis selbst, auf das unerhörte Phänomen. Was man wissen muß, steht alles da, ausführlich sogar. Einer hat die Menschen kennengelernt und sie satt bekommen, hat eine Ehe geführt und das Glück nicht unersetzlich gefunden. Er war stets schon ein Schwimmer, ein Meermensch; nun bleibt er immer länger im Wasser, länger, als es menschenmöglich scheint, menschenmöglich ist – Wandlung geschieht tatsächlich, amphibisch wird er, kühl und kühler, ein Fisch und Mann zugleich, und ein Glück erschwimmt er, erstmals schwimmt er in einem unersetzlichen Glück.

Ein Asozialer, ganz ohne Zweifel. Wenn er wenigstens karitativ tätig würde, Schiffbrüchige rettete zum Beispiel, bescheiden, ein Bernhardinerhund des Ozeans: Die Geretteten möchten ihm danken, da schaufelt er schon wieder fern am Horizont dahin … Nichts davon. Er hat der Menschheit den Laufpaß gegeben und genießt es. Farben und Lichter, Schweben, Schaukeln, Gleiten, abgekühlt – wörtlich – bis ans Herz hinan.

Das darf nicht sein, ist unmoralisch. Misanthropen sind doch verbittert, düstere, heimlich ächzende Gesellen. Sie leiden am Alleinsein noch mehr als vorher an der Gesellschaft. Eines Tages kehren sie schluchzend zurück und dienen zur Belehrung für die Heranwachsenden. Hier trifft das alles nicht zu. Der Verleger, scheint es, hatte Grund zu seinen Bedenken.

Für Psychologen ist der Text verlockend: ein kleines narzißtisches Lehrstück. Nur liegt die Diagnose in diesem Fall ein bißchen zu sehr auf der Hand. Die labile Schwebe, die der Schwimmer findet zwischen dem Ersticken an den Menschen oben und dem Ertrinken in der Tiefe unten, ist mehrdeutig, aus einem Punkt allein nicht auszulegen.

Übrigens kennen alle den Mann, sie haben nur nicht gewußt, wie er heißt. Schiller hat ihn als Taucher verewigt, auf Grund des gleichen sizilianischen Sagenstoffs. Bei ihm ist die Lösung sittlich einwandfrei. Der Held stirbt.

Conrad Ferdinand Meyer

Dämmergang

Du lebst meerüber
In blauer Ferne
Und du besuchst mich
Beim ersten Sterne.

Ich mach im Felde
Die Dämmerrunde,
Umbellt, umsprungen
Von meinem Hunde.

Es rauscht im Dickicht,
Es webt im Düster,
Auf meine Wange
Haucht warm Geflüster.

Das Weggeleite
Wird trauter, trauter,
Du schmiegst dich näher,
Du plauderst lauter.

Da gibt's zu schelten,
Da gibt's zu fragen,
Und hell zu lachen
Und leis zu klagen.

Was wedelt Barry
So glückverloren?
Du kraust dem Liebling
Die weichen Ohren …

Liebesglück im Zwielicht

Ein Liebesgedicht – was weiter? Schöne, herzliche Zeilen, gewiß, aber sie erschließen sich von selbst. Oder ist da doch ein Geheimnis?

Die Situation könnte einfacher nicht sein. Der Mann ist beim Eindunkeln allein unterwegs. So macht er es jeden Abend. Eine kurze Stunde geht er die Hecken entlang über die Felder, zusammen mit seinem Hund. Die Frau, die er liebt, ist abwesend, verreist vielleicht, und er denkt an sie. Fast will ihm vorkommen, sie sei bei ihm, so vertraut fühlt er sich, so gern hat er sie, so geborgen ist er in ihrer Liebe. Sie wird wohl bald wieder zurückkehren. Von Sehnen und Verlangen ist jedenfalls die Rede nicht, eher von einem ruhigen und vergnügten Zusammengehören.

Seltsam ist nur das »meerüber« gleich am Anfang. Es rückt die Frau viel weiter weg, als es vom gelassenen Reden der folgenden Strophen her zu erwarten wäre. Und die »blaue Ferne«, jetzt, da es Nacht wird? Flüchtig wird man vom Gedanken gestreift, es könnte der Himmel sein, in dem gerade der erste Stern aufflimmert. Aber dann wäre sie ja tot, verloren, und von toten Geliebten spricht man nicht so gegenwartsfroh. Sie ist wohl doch eher auf einer Reise, in Sizilien vielleicht, meerüber eben.

Ein Verdacht bleibt trotzdem hängen. Vor allem, wenn man beobachtet, wie das Gedicht immer deutlicher mit den Elementen einer Gespenstergeschichte spielt. Ohne die Angst allerdings, die sonst stets dazugehört. Aber wie in so vielen schauerlichen Erzählungen beginnt es mit zweideutigen Geräuschen im Dickicht, mit schattenhaften Bewegungen im Halbdunkel. Es folgt die körperliche Nähe, ein gefühlter Anhauch an der Wange, schließlich die flüsternde, drängende Stimme. Doch was im »Erlkönig« das höchste Grauen bewirkt: »Jetzt faßt er mich an!«, erscheint hier wie eine liebe Gewohnheit.

Am frappierendsten ist, was mit dem Hund geschieht. Die Schlußstrophe ist zauberhaft, von einem sinnlichen Charme, wie er bei Meyer selten ist, und wunderbar taucht darin ein neues Wort auf: »glückverloren«!

Gleichzeitig aber deckt sich der Vorgang mit einem der ältesten Elemente der Geistergeschichten. Bei Kleist, bei Hoffmann, noch bei Thomas Mann im »Zauberberg«, aber schon beim altgriechischen Erzähler Lukian wird der Hund, der auf ein Gespenst reagiert, als Beweis für das übernatürliche Ereignis eingesetzt. So bezeugt er auch hier selig wedelnd die Anwesenheit der geliebten Frau.

Also doch ein spiritistisches Gedicht? Keineswegs. Ein Liebesgedicht nur umso mehr. Alle Liebe schafft das geliebte Wesen um zu einem neuen, einzigartigen Menschen, und vielleicht ist dies überhaupt die höchste Form von Schöpferkraft. Sie kann auch wirken, wo die Geliebte fern ist, kann sie aus der Luft heraus bilden und formen, und schon ist sie da und spricht und lacht und strahlt und klagt. Ein diesseitiger, ein weltvergnügter Spiritismus ist das, die okkulte Seite der Erotik.

Vieles deutet darauf hin, daß das Gedicht an Meyers Schwester Betsy gerichtet ist, seine Lebensfrau, mit der er nicht nur brüderlich verknüpft war. Ohne sie wäre er nie Dichter geworden, und sein wesentliches Werk hat er mit ihr zusammen, in ihrer leibhaftigen Gegenwart, geschrieben. Als er mit fünfzig Jahren doch noch heiratete, eine reiche Frau aus einer eher langweiligen Ecke der Zürcher Gesellschaft, wurde dies zur Katastrophe für die Symbiose der Geschwister. Die Frauen haßten einander, und Meyer kam vom »Schwesterchen« nicht los.

So gelesen ist »meerüber« nicht nur ein geographischer Begriff. Er steht für die Tragödie einer verbotenen Liebe. Wie erfüllt sie auf ihre Weise dennoch war, zeigt der glückverlorene Barry.

Stefan George

Vogelschau

Weisse schwalben sah ich fliegen ·
Schwalben schnee- und silberweiss ·
Sah sie sich im winde wiegen ·
In dem winde hell und heiss.

Bunte häher sah ich hüpfen ·
Papagei und kolibri
Durch die wunder-bäume schlüpfen
In dem wald der Tusferi.

Grosse raben sah ich flattern ·
Dohlen schwarz und dunkelgrau
Nah am grunde über nattern
Im verzauberten gehau.

Schwalben seh ich wieder fliegen ·
Schnee- und silberweisse schar ·
Wie sie sich im winde wiegen
In dem winde kalt und klar!

Narkotische Fahrt

Wunderbar leicht ist das Gedicht und verteufelt schwierig. Es klingt zunächst wie viele Naturgedichte seit Goethe und den Romantikern, spielt verlockend mit Assonanzen, Reimen und Vokalfarben. Dennoch wirkt es nicht improvisiert, sondern erinnert eher an die Meister des späten 19. Jahrhunderts, an Storm oder Meyer. Diese liebten die ausgefeilten Naturbilder, in Verbindung mit einer deutlichen Jahres- und Tageszeit: Frühlingsmorgen, Sommermittag, Herbstabend. Daraus ergab sich eine besinnliche Anwendung auf das Menschenleben.

Der Eindruck einer Verwandtschaft des Gedichts mit dieser Lyrik täuscht. Eine Kluft trennt es von der tüchtigen Kunst der Bürger für die Bürger. Mit deren Natur hat es gar nichts zu tun, mit deren Lebensweisheit noch weniger. Da ist ein Bruch geschehen, der nicht mehr zu heilen ist.

»Vogelschau« schließt den Zyklus »Algabal« ab, den George mit dreiundzwanzig Jahren schrieb, als Namenloser. Er streunte durch Europa, noch ohne Kreis und Jünger. 1891 landete er in Wien, das Manuskript im Gepäck, und verliebte sich gefährlich in den schönen Gymnasiasten Hugo von Hofmannsthal. Dessen Abwehrgedicht »Der Prophet« zeigt, daß er George vom »Algabal« aus erlebte. Die erste Strophe spielt auf die Vögel und die Schlangen der »Vogelschau« an: »In einer Halle hat er mich empfangen / Die rätselhaft mich ängstet mit Gewalt / Von süßen Düften widerlich durchwallt. / Da hängen fremde Vögel, bunte Schlangen.«

»Algabal« ist das radikalste Ereignis von Gegenbürgerlichkeit in der deutschen Literatur. Ein römischer Kaiser, mehr *Fantasy* als Geschichte, lebt in einem unterirdischen Reich mit künstlichen Gärten und gläsernen Blumen, wo er seine Laster und Verbrechen schwermütig genießt. Der Titel »Vogelschau« bindet das Gedicht an diesen antiken Raum, an seine Priester und Orakel. Wie denn genau?

Hinter der scheinbaren Naturerfahrung versteckt sich eine Seelenreise.

Sie beginnt mit der Erregung in einer heißen Welt. Die Schönheit der gleißenden Schwalben lockt zur Fahrt in die Tiefe, von den weißen zu den farbigen Vögeln, zu Traum und Drogen. Die Wunderbäume liefern das betäubende Harz. Der Fabelname Tusferi steht für alles rauschhaft Exotische. Dann öffnet sich eine weitere Tiefe, schwarz. Die Vögel sind jetzt dunkel wie die Vokale. Sie flügeln im Abgrund über den Nattern. Deren Gift ist tödlich und die Schlangengrube ohne Ausweg.

Von dem, der im Gedicht spricht, wird dies alles nur gesehen. Vogelschau. Nichts wird berührt. Drei Strophen reden von der Vergangenheit: »sah ich … sah ich … sah ich …«, die letzte von der Gegenwart: »seh ich wieder …« Hat sich damit ein Kreis geschlossen? Nein. Wohl sind die weißen Schwalben wieder da, aber der Wind, in dem sie kreuzen, ist nicht mehr heiß, sondern »kalt und klar«. Dieses Wortpaar setzt den Schluß, hart, mit einem Ausrufezeichen. Das Tor zu den verruchten Gärten ist zugeschlagen. Die Ekstasen der Tiefe sind vorbei. Im kalten, klaren Wind eröffnen die Schwalben eine neue Zeit mit neuen Klängen. So lautet der Spruch des Orakels.

Man kann das auf Georges poetische Entwicklung beziehen. Dann ist es aufschlußreich für die Kenner, mehr nicht. Aber die Farbengewalt der vier Strophen, die Dramatik des dreimaligen Umschlags, die magischen Klangreihen, die Verbindung von Schönheit und Gefahr, dazu das Freiheitsgefühl in den Schwalbenversen – dies alles schießt zu einem dichterischen Ereignis zusammen, das weit über das Biographische hinausgeht. Es setzt in uns ein Wiedererkennen frei. Krisen, Tumulte, die Erregung des Riskanten, Sucht und Schock, Aufbruch, Verlorengehen und Sich-Finden sind die Elemente jedes existentiellen Übergangs – Rites de passage. Vertrautes weht uns an. Man kommt nicht leicht los von dem Gedicht.

Rainer Maria Rilke

Eine Sibylle

Einst, vor Zeiten, nannte man sie alt.
Doch sie blieb und kam dieselbe Straße
täglich. Und man änderte die Maße,
und man zählte sie wie einen Wald

nach Jahrhunderten. Sie aber stand
jeden Abend auf derselben Stelle,
schwarz wie eine alte Citadelle
hoch und hohl und ausgebrannt;

von den Worten, die sich unbewacht
wider ihren Willen in ihr mehrten,
immerfort umschrieen und umflogen,
während die schon wieder heimgekehrten
dunkel unter ihren Augenbogen
saßen, fertig für die Nacht.

Wer spricht aus dem Mund der Dichter?

»Eine« Sibylle? Wie viele gab es denn? Die Berichte schwanken. Gelegentlich ist von zehn die Rede. Andere reden von dreien. Vermutet wurde auch, es habe nur eine gegeben, die ruhelos umhergezogen sei und so zu verschiedenen Namen kam. Die berühmtesten kennen wir von den Bildern Michelangelos in der Sixtinischen Kapelle: die Persische, die Erythräische, die Cumäische, die Libysche und die hinreißende Delphische, deren Schönheit alle Madonnen übertrifft. Hat Rilke sie zu *einer* Gestalt zusammengezogen?

Das Gedicht geht vom Alter aus. Die Sibylle lebt seit Jahrhunderten. Dies ist nur von einer überliefert, von der Cumäischen. Apollon war in sie verliebt, als sie noch aussah wie die Delphica. Jeden Wunsch werde er ihr erfüllen. Sie schöpfte eine Handvoll Staub: Ich will so viele Jahre leben, wie hier Körner sind. Aber sie vergaß, dazu auch die ewige Jugend zu verlangen. So wurde sie älter und älter, schrumpfte mit der Zeit, hing zuletzt, klein wie eine Zikade, in einer Flasche ganz hinten in ihrer Höhle bei Neapel.

Dies hat einer der wichtigsten Dichtungen des 20. Jahrhunderts das Motto geliefert: »Die Sibylle habe ich nämlich in Cumae mit eigenen Augen gesehen. Sie hing in einer Flasche, und als die Knaben sie fragten: ›Sibylle, was willst du?‹, antwortete sie: ›Sterben will ich.‹« So lautet ein Petronius-Zitat, der Vorspruch zu T. S. Eliots »Das wüste Land«. Die Sibyllen vor Augen, denken die Dichter über sich selber nach.

Auch Rilke. Er schafft die Visionärin um in einer eigenen, mächtigen Vision. Wie eine Burgruine erscheint sie ihm, aus der am Abend die prophetischen Schreie tönen, wirr, schwirrend, bald vereinzelt, bald in Schwärmen. Um ganz sagen zu können, was ihn bedrängt, verdoppelt Rilke die Vision. Zur hohlen Citadelle kommen die Vögel hinzu, Wolken von Vögeln. Sie fahren aus den schwarzen Mauern, kreisen weithin und schlüpfen wieder ein. Das drängt sich, paart sich, vermehrt sich. Wo?

»Unter ihren Augenbogen.« Jetzt ist das Gemäuer wieder die Frau, und die Vögel sind die Orakelrede, die Dichtung.

Es geht hier nicht einfach um den alten Vergleich der Dichter mit Propheten und Sibyllen. Das Gedicht will mehr. Die Schlüsselstelle steckt im Auftakt zur letzten Strophe: »unbewacht / wider ihren Willen«. So entsteht die Dichtung in der Frau. Sie ist nicht Herrin ihres Gedichts. Die ältesten und die modernsten Theorien der Poesie begegnen sich hier. Einst, für den Sokrates in Platons »Ion«, war der Dichter das Sprachrohr eines Gottes. Dann kam der Triumphzug des bewußten, selbstregierten Subjekts, das als Künstler seine Kunst kommandiert. Für Rilke ist diese Vorstellung eingestürzt. Nicht erst mit dem Spätwerk, das in allen Dichtern nur noch den einen Orpheus hörte, das hinter »so viel Liedern« von keiner Person mehr wußte.

Schon 1907, als »Eine Sibylle« in Paris entstand, hatte sich Rilke vom herkömmlichen Begriff des Dichters verabschiedet. Er erfuhr sich als Medium unbekannter Mächte, ausgeliefert. Nicht anders erging es seinem Landsmann Kafka in Prag. Der setzte sich an den nächtlichen Tisch und wartete, bis das Schreiben über ihn kam wie ein Brand. Dann loderte er und vergaß die Zeit. Am Morgen las er staunend, was auf dem Papier stand. Die hohle Citadelle, aus der es tönt und ruft, ist die moderne Antwort auf Goethes Prometheus, der sich als Künstler trotzig neben den Schöpfergott stellte.

Wer also spricht aus dem Mund der Dichter? Man hat den Gott des Sokrates durch das Unbewußte ersetzt, durch eine Hyperaktivität der rechten Gehirnhälfte, durch Regressionsprozesse in den kindlichen Animismus, durch das Raunen der Diskurse. Das ist alles bedenkenswert und trifft doch die Sache nicht. Sicher ist nur eines: Die Worte aus der Citadelle reißen das Netz des unabsehbaren Geredes auf, in dem wir alle hängen, das Weltgewäsch. Freiheit also.

Hermann Hesse

Im Nebel

Seltsam, im Nebel zu wandern!
Einsam ist jeder Busch und Stein,
Kein Baum sieht den andern,
Jeder ist allein.

Voll von Freunden war mir die Welt,
Als noch mein Leben licht war;
Nun, da der Nebel fällt,
Ist keiner mehr sichtbar.

Wahrlich, keiner ist weise,
Der nicht das Dunkel kennt,
Das unentrinnbar und leise
Von allen ihn trennt.

Seltsam, im Nebel zu wandern!
Leben ist Einsamsein.
Kein Mensch kennt den andern,
Jeder ist allein.

Zweideutige Melancholie

Es muß an der ersten Zeile liegen! Der Rest besteht aus Gemeinplätzen, ist wehleidig und auch etwas eitel. Es muß diese erste Zeile sein, was alle Banalitäten magisch verwandelt und das Ganze zu einer Verlautung werden läßt, in der Hunderttausende ihr tiefstes Gefühl ausgesprochen hören durften. Gibt es ein Gedicht, das innigere Zustimmung gefunden hätte im 20. Jahrhundert?

Als Jacob Burckhardt einmal Überlegungen anstellte darüber, was die Literatur eigentlich leiste, meinte er: »Die Poesie hat ihre Höhepunkte, wenn sie dem Menschen Geheimnisse offenbart, die in ihm liegen und von welchen er ohne sie nur ein dumpfes Gefühl hätte.« Genau das muß sich angesichts von Hesses Gedicht in ungezählten Leserinnen und Lesern ereignet haben. Der Erfolg der vier Strophen ist undenkbar ohne den schockartigen Offenbarungsmoment: »Ja, so ist es! Endlich sagt es einer ...« Das dumpfe Gefühl der Verlassenheit, des Alleinseins und Nichtverstandenwerdens, hier wird es plötzlich zum klaren Wort. Hier gab ein Gott einem Dichter zu sagen, was alle, alle leiden.

Ein Allerweltsgedicht. Tatsächlich und in des Wortes imponierendster Bedeutung.

Und doch kann da etwas nicht stimmen. Burckhardt spricht von »Geheimnissen«. Läßt sich dieses Wort wirklich auf Sätze anwenden wie: »Leben ist Einsamsein« und: »Jeder ist allein«? Sollen das Offenbarungen sein? Dann ist alles Offenbarung, auch: »Das Leben ist kurz« und: »Aller Anfang ist schwer«. Dann gibt es überhaupt keine Platitüde, die nicht Offenbarung sein könnte.

So ist es in der Tat. Der Gesamtbestand an Grundwahrheiten ist weit kleiner als die Zahl der lebenden Philosophen. Und diese Grundwahrheiten sind alle längst bekannt. Nur ist, was bekannt ist, damit nicht auch schon erfahren. Man kann mit einer einfachen Wahrheit jahrzehntelang vertraut sein, bevor sie einem zum ersten Mal in die Knochen fährt.

Nichts anderes leistet Hesses Gedicht. Es verwandelt einen Gemeinplatz in eine akute Erfahrung. Daß es gelingt, liegt an der ersten Zeile. Sie ist ein lyrisches Ereignis, das einzige in allen sechzehn Versen. Das Palindrom Nebel/Leben, ein Sprachspiel, das uns in der Schlußstrophe etwas zu aufdringlich vorgerückt wird, steckt hier noch latent im Satz. Wir hören es mit, ohne uns seiner bewußt zu sein. Der alte Gedanke, daß das Leben eine Wanderschaft sei, taucht durch die Verbindung des Wortes »wandern« mit dem Wort »Nebel«, dem Spiegelwort zu »Leben«, im Hallraum der Zeile auf. Ja, dieser Hallraum entsteht dadurch überhaupt erst. Er verzaubert die fünf Wörter und bewirkt, daß man den Vers nicht mehr vergißt.

Die Zustände der Verlassenheit, des Alleinseins, des Nichtverstandenwerdens gehören zu unsern frühsten Erinnerungen. Sie sind ein wesentliches Element jeder Kindheit. Als Vater oder Mutter versucht man eifrig, sie seinen Kindern zu ersparen. Denn die Psychologen sagen, daß die Kinder dadurch Schaden nehmen, unglückliche Erwachsene werden und ihrer Eltern nur noch mit Bitterkeit gedenken. Das ist Unsinn. Nichts wäre schrecklicher, als immerzu restlos verstanden zu werden. Es gibt keine Selbstfindung, keine Gewißheit eines eigenen Ichs, ohne das schmerzlich durchgekostete Gefühl des Einsamseins. In diesen Momenten wird man seiner Mitte gewahr, jener seltsamen Gegebenheit, für die sich nie ein rechtes Wort findet. Goethe nannte sie »mein Herz«. Daher führen alle kritischen Lebensphasen zu einer Steigerung und Häufung solcher Zustände. Denn alle kritischen Lebensphasen müssen auch mit einer neuen Selbstfindung enden. Das tut weh und ist beflügelnd zugleich.

Es gehört zur naiven Raffinesse von Hesses Gedicht, daß es das triumphale Gefühl erlangter Einzigartigkeit hinter der vordergründigen Melancholie kräftig hervorscheinen läßt. »Wahrlich, keiner ist weise ...«, das heißt doch wohl: »Ich bin es, und wie!« Und da es sich um ein Allerweltsgedicht in des Wortes imponierendster Bedeutung handelt, schenkt es auch jedem Leser die Gewißheit, ein Weiser zu sein. Gar kein so schlechtes Geschenk.

Else Lasker-Schüler

Giselheer dem Tiger

Über dein Gesicht schleichen die Dschungeln.
O, wie du bist!

Deine Tigeraugen sind süß geworden
In der Sonne.

Ich trag dich immer herum
Zwischen meinen Zähnen.

Du mein Indianerbuch,
Wild West,
Siouxhäuptling!

Im Zwielicht schmachte ich
Gebunden am Buxbaumstamm –

Ich kann nicht mehr sein
Ohne das Scalpspiel.

Rote Küsse malen deine Messer
Auf meine Brust –

Bis mein Haar an deinem Gürtel flattert.

Dschungelliebe in Berlin

1913 liebte Else Lasker-Schüler den jungen Dr. Benn und er sie vielleicht auch. Man sprach davon in den intellektuellen Kaffeehäusern Berlins und erwartete die Akteure gegen Abend. Es war Europas letzter glücklicher Sommer. In den Zeitschriften loderte der Expressionismus und versprach sich von der Zukunft, was sie nicht halten sollte. 700 000 junge Männer hatten noch nie von Verdun gehört, wo sie einander wenig später alle umbringen mußten.

Mit seinen sechsundzwanzig Jahren war Benn der jüngste literarische Komet, Verfasser der »Morgue«, Schöpfer einer neuen Verbindung von Sentimentalität und Zynismus: Rotz, Eiter und Vergißmeinnicht. Ihm gegenüber erschien die vierundvierzigjährige Else Lasker-Schüler schon fast wie die *Grand Old Lady* der Poesie. Das machte die Affäre für das »Café des Westens« zusätzlich pikant. Doch was kümmerte sie selbst ihr Jahrgang! Sie hatte sich entschlossen, nie älter zu sein als ihre jungen Geliebten, und also war sie's nicht, war sie jetzt um die sechsundzwanzig, eher noch etwas jünger.

Kaum lagen die beiden zusammen, schrieben sie auch schon darüber, öffentlich, in der »Aktion«, im »Neuen Pathos«, in der »Schaubühne«, Verse und lyrische Prosa. Das war weder indiskret noch anstößig, das war Berlin 1913. Nichts wird dadurch falsch in den Gedichten der verliebten Frau, die in dieser Liebe hilflos die Stärkere war, ein überlegenes Opfer. Zeichen dafür ist die Tatsache, daß sie nie in den Ton Benns verfiel, während er den ihren zu imitieren begann, nicht zuletzt in dem langen Gedicht »Drohungen«, in dem er sich die Freundin wieder vom Hals zu schaffen suchte:

> Du, daß wir nicht an einem Ufer landen!
> Du machst mir Liebe: blutigelhaft:
> Ich will von dir. –

Die Metapher über ihre Art zu lieben ist abscheulich. Von solcher Häßlichkeit her offenbart sich erst die Schönheit in den Versen der Angesprochenen. Wie lieblich, wild und geistvoll, wie frei in aller Leidenschaft geht sie in dem Gedicht an Giselheer den Tiger mit Macht und Ohnmacht, Hingabe und Herrschaft in der Liebe zu Gottfried Benn um. Kaum ist er als Dschungelkönig eingesetzt, mit einem Gestus schaudernder Verehrung, verwandelt sie sich in die ältere, größere Tigermutter, die ihn als ihr Junges nach Katzenart in vorsichtigen Zähnen herumträgt.

Wie sehr sich auch die Frau an den Mann verloren haben mag, die Dichterin verliert die Gewalt über ihre Bilder nie. Entsetzlich ist die Marterwollust, in die sie das Beziehungsspiel taucht, gesteigert noch erscheint der Gestus schaudernder Verehrung im Schlußvers – der Mann als Täter, am meisten geliebt, wo er am grausamsten ist –, aber alles steht, genau besehen, doch nur in einem Indianerbuch, das sie auf- und zuschlägt nach Belieben. Unmittelbar an die matriarchale Vision von der wahren Dschungelherrin schließt sich die dreizeilige Strophe mit dem Buch. Über dieses verfügt sie wie über das Männerkätzchen. Wenn es aufgeblättert wird, Seite um Seite, bis der Siouxhäuptling erscheint und darauf alle brandigen Bilder für die gelebte Liebe, dann bleiben diese Bilder, bleibt am Ende auch das unerhörte Signal des flatternden Haars am Gürtel des Mannes ein Teil ebendieses Buches. Über ihm sitzt die Frau wie die Hexe über der Scharteke, in der ihre Rezepte stehen.

Karl Kraus

An den Schnittlauch

O gutes Grün, wie sprichst du mich zärtlich an,
Wie heilig schweigst du von dem Geheimnisse.
  Du letzter Schmuck der armen Mutter,
    Die ihren Schoß mit der Söhne Blut färbt.

Daß du zugleich bist und daß mit dir zugleich
Der Wille lebt, an dem eine Menschheit stirbt –
  Ach, irdisch Unmaß! und dir wird nicht
    Fahler die Farbe, du grüne Hoffnung.

O letztes Leben und wie das Leben auch
Verkannt, du Anbot wahrster Bescheidenheit,
  Du selbstgenügsam stille Pflanze,
    Die nur wie Schnittlauch schmeckt und duftet.

Nach etwas suchend, welches kein andres ist,
Im Kreis des Lebens, das im Ersatz sich lebt,
  Bloß deine gute Gabe sah ich,
    Chemischem Zauber unerreichbar.

Daß gleichwohl, grüne Freundschaft, du eßbar seist,
Wenn auf dem Teller treu du dich hingestreut –
  Es rührt noch von dem alten Hunger.
    Stets hat der Mensch von der Seele gegessen.

Eine letzte Hoffnung

Das Gedicht ist ernst wie der Tod. Man erwartet das nicht. Wer den Titel liest, denkt an Scherzpoesie, angesiedelt irgendwo zwischen Morgenstern, Ringelnatz und Robert Gernhardt. Die Irritation, die entsteht, sobald man erkennt, daß es hier wahrhaftig um die letzten Dinge geht, ist schwer erträglich. Rosen, ja. Lilien, ja. Astern, ja. Auch Zypressen und Weiden könnten wir mit Tod und Vernichtung noch irgendwie verbinden – aber den Schnittlauch?

Kraus will diese Irritation. Wir sollen erkennen, in welchen Klischees wir denken und fühlen, mit welchen Klischees im Kopf auch die erfahrenen Leser lesen. Die alkäische Ode ist eine der feierlichsten Formen, in denen ein deutsches Gedicht auftreten kann. In diesem Maß hat Hölderlin den Main und den Neckar gefeiert, hat er Diotima angerufen und den Sonnengott und den gefesselten Strom. In diesem Maß redet Karl Kraus zum Schnittlauch.

Das Gedicht erscheint in der »Fackel« vom 16. November 1916. Es sind Monate, die zu den furchtbarsten des 20. Jahrhunderts gehören, zu den furchtbarsten der Weltgeschichte. Der Erste Weltkrieg ist in den Grabenkämpfen festgefahren. Von Februar bis Juni 1916 wurde Verdun berannt; 335 000 deutsche, 360 000 französische Soldaten starben im Dreck. Wer zählte die Verstümmelten? Seit Mitte Juni tobt die Schlacht an der Somme, 400 000 englische, 200 000 französische, 400 000 deutsche Tote. In Italien folgt am Isonzo eine Schlacht auf die andere, jetzt, im November, steht man bei Nummer 9.

Karl Kraus ist der unerbittlichste Chronist dieses Krieges. Vom ersten Tag an hat er ihn bekämpft, als fast alle andern Autoren ihn noch bejubelten. Mit jeder Nummer der »Fackel« deckt er neue Nuancen des öffentlichen Lügensystems auf, das die Schlächtereien ermöglicht. Oft setzt er kommentarlos das nackte Zitat ins Blatt. Es entlarvt sich selbst. Die kollektive Verblendung nährt sich von jedem einzelnen unwahren Satz.

Schon in einem Komma kann der Wahn stecken. Ende 1916, im dritten Kriegsjahr, beginnen die Kulissen zu reißen. Die farbigen Uniformen verschwinden; die Soldaten werden schlammfarben. Europa hungert, friert, verarmt. So hatte man sich das nicht gedacht. Und wie in einer schrillen Parodie auf die falsche Sprache der Propaganda treten jetzt die Imitate an die Stelle der alltäglichen Nahrungsmittel. »Ersatz« ist das neue Wort: Brotersatz, Käseersatz, Buttererersatz, »Ei-Ersatz aus Schlemmkreide mit Backpulver« …

Kraus registriert alles, Tag für Tag. Und vor dem Hintergrund der hingeschlachteten Jugend, des Ersatzbrotes und der allgegenwärtigen Ersatzsprache feiert er eine Pflanze, die ganz einfach ist, wahr und ehrlich und unverfälschbar. Kraus' Kampf gegen die Verlogenheit des öffentlichen Redens und der Kampf seines Freundes Adolf Loos gegen die Verlogenheit der dekorativen Architektur finden beide in dieser Pflanze ihr berührendes Sinnbild. Wer das unpoetisch findet, sollte seinen Poesiebegriff überdenken.

»Anbot wahrster Bescheidenheit« ist das grüne Kraut. Das österreichische Wort Anbot meint bei Kraus Anblick, Verkörperung, Erscheinung. »O rührend Anbot in der Zeit des großen Sterbens«, spricht er in einem Gedicht aus dieser Zeit eine Schwangere an. Wie die Energie der Wahrheit erscheint ihm das dauerhafte Grün, der kräftige Geruch und Geschmack der verachteten Pflanze. Die Erde ist ihre Mutter, die Erde ist auch die Mutter der hingemähten jungen Soldaten, die alle so gerne gelebt und geliebt und etwas geleistet hätten, als sie in den Krieg geschickt wurden von alten, wahnbesetzten Männern in Dekorationsuniformen.

Was lebt, ist beseelt. Davon spricht der Schluß. Es sind alte Lehren, griechische und indische, daß die Pflanzen und Tiere ihre Seele hätten wie der Mensch und daß sich also der Mensch auch von deren Seele nähre. Die Vereinigung mit der »hingestreuten« grünen Gabe ist das »Geheimnis«, von dem schon die zweite Zeile spricht. Während der Wille zum Töten und Lügen die Menschheit dezimiert, wie die zweite Strophe klagt, versichert sich der Autor im Essen dieses »guten Grüns« fast rituell der Möglichkeit, trotz allem wahr und ehrlich und gütig zu sein.

Regina Ullmann

Alles ist sein …

Du willst dem Geschicke zuvorkommen,
seinen majestätischen Lauf voreilig unterbrechen,
willst dein Leben von dir werfen,
wie man Warenballen aus einem Schiffe wirft,
nur weil man befürchtet und abschätzt,
daß es sie nicht mehr zu halten vermag,
bis es das Land erblickt …
Und weißt doch nicht,
ob es nicht doch noch trägt,
oder ein anderes Wunder,
vielleicht in Gestalt eines Walfischs
sich bergend,
von seinem Wasserspiele abläßt
und vor dir in silberner Straße einherzieht,
mit seinem eigenen Leibe
das todeserschöpfende Rudern ersparend!
Und weißt nicht,
ob der Blitz im Gewölk dich nicht sucht
und dein Schiff und die Bürde so heimwärts kommt
auf gradestem Wege!
Aus der wirbelnden Sturmessäule hinaufgeschleudert!
Von seiner Hand ergriffen
und geheiligt aufgestellt im Himmelsraume.
Weißt nicht, was ihm das liebste ist:
Du selbst
oder die Bürde, um deretwillen du fährst,
oder das Schiff, worin du sie birgst,
oder das Meer, worein es verpflanzt ist. –
Denn alles ist sein.

Schweres Scheitern, hohe Fahrt

Jemand will sich umbringen. Eine Frau oder ein Mann will sich töten, weil alles nicht mehr auszuhalten ist. Die Last ist zu groß geworden, der Gedanke an ein rasches Ende tröstet und lockt und zieht. Hier setzt das Gedicht ein. Die Frau, die es schreibt, weiß, wovon sie redet. Von Kind an hat sie die schwarzen Zeiten der Depression gekannt. Immer wieder geht sie durch versteinerte Tage. Vielleicht spricht sie hier nur zu sich selbst.

Es scheint zunächst, als laufe alles auf die üblichen Trostreden hinaus: Nimm's nicht so schwer, es wird schon wieder besser, du mußt dich eben zusammenreißen ... Bald aber merkt man, daß da ganz anders gedacht und geredet wird. Schon die Zeilen mit dem »Blitz im Gewölk« sind eine seltsame Aufmunterung. Vielleicht wirst du ohnehin gleich vom Strahl getroffen; vielleicht kommst du ohnehin bald in Seenot um. Soll das jemand vom Selbstmord abhalten?

Wie so oft bei Regina Ullmann wird das Einfache und Vertraute nur um eine Nuance verschoben, und schon nimmt sich alles fremdartig aus. Das vermeintliche Zureden verwandelt sich in eine Folge merkwürdig großartiger Bilder. Dabei ist deutlich erkennbar, woher die Metaphern stammen: aus dem Buche Jonas im Alten Testament. Dort läuft der widerborstige Prophet seinem Gott davon. Er will vor dem allerhöchsten Auftrag kneifen und haut ab, zu Schiff nach Spanien. »Da ließ der Herr einen großen Wind aufs Meer kommen, und es erhob sich ein großes Ungewitter auf dem Meer, daß man meinte, das Schiff würde zerbrechen. Und die Schiffsleute fürchteten sich und schrien, ein jeglicher zu seinem Gott, und warfen das Gerät, das im Schiff war, ins Meer, daß es leichter würde.« Der Walfisch, der sowohl im Gedicht wie in der Prophetengeschichte gleich anschließend auftaucht, bestätigt diese Quelle.

Allerdings wird der Text dadurch nur schwieriger. Die Verse arbeiten mit dem Bildmaterial der Jonas-Geschichte, aber sie erschließen sich doch nicht von dieser Rettungslegende her. Niemand wird verschluckt und wieder ausgespuckt. Die klassische Wiedergeburtsphantasie bleibt irgendwo im assoziativen Umfeld schweben. Wohl verkörpert der Fisch eine mögliche Hilfe, wenn er vor dem Schiff herzieht, die Wogen zu einer »silbernen Straße« glättet und das Gefährt aufnimmt in den Sog seines mächtigen Leibes. Aber das ist nur das Vorspiel zur zentralen Vision, wo ein Taifun das Schiff mit Blitzen umflammt und lotrecht in die Höhe reißt. Nicht das ersehnte Ufer also, sondern die radikale Katastrophe macht dem »todeserschöpfenden Rudern« ein Ende.

Das Bild ist so merkwürdig wie das ganze Gedicht. Es ist eindringlich, durchaus original, und doch wieder außerhalb der Anschaulichkeit. Die Hand, die schließlich aus den Wolken greift und das Schiff »aufstellt im Himmelsraume«, als wär's ein Seglermodell im Museum, erinnert an die Naivität ländlicher Mirakelbilder, an Exvotos, wo die Heilige Jungfrau auf einem Wölklein über dem akuten Unglück schwebt und behutsam Hilfe leistet.

Rilke wurde 1908 auf die vierundzwanzig Jahre alte Regina Ullmann aufmerksam. Er war fasziniert und irritiert, versuchte, das Fremde ihrer Kunst zu benennen, schrieb an sie und über sie, und 1918 kopierte er mit eigener Hand ihre besten Gedichte und schickte sie an den Insel Verlag. Sie erschienen im Jahr darauf. Der vorliegende Text gehört dazu. Die bedrängende Deutlichkeit der Bilder, die sich dennoch der gewohnten Auslegung entziehen, brachte Rilke auf den Satz: »Ihre Seele ist wie ein Blindgeborener, den ein Seher erzogen hat.«

Wenn hier, was vermutet werden darf, eine Frau sich selbst vor dem Suizid zurückhält – mit welchem Argument zuletzt? Mit dem halb zögernden, halb beschwörenden Gedanken, daß wir vielleicht in Zusammenhängen leben, wo die erlittene Sinnlosigkeit mehr Sinn hat als alle rundum anerkannten Ziele und Zwecke.

Kurt Schwitters

An Anna Blume. Merzgedicht 1

O du, Geliebte meiner siebenundzwanzig Sinne, ich liebe dir! – Du deiner dich dir, ich dir, du mir. – Wir?
Das gehört [beiläufig] nicht hierher.
Wer bist du, ungezähltes Frauenzimmer? Du bist – – bist du? – Die Leute sagen, du wärest, – laß sie sagen, sie wissen nicht, wie der Kirchturm steht.
Du trägst den Hut auf deinen Füßen und wanderst auf die Hände, auf den Händen wanderst du.
Hallo, deine roten Kleider, in weiße Falten zersägt. Rot liebe ich Anna Blume, rot liebe ich dir! – Du deiner dich dir, ich dir, du mir. – Wir?
Das gehört [beiläufig] in die kalte Glut.
Rote Blume, rote Anna Blume, wie sagen die Leute?
Preisfrage: 1. Anna Blume hat ein Vogel.
2. Anna Blume ist rot.
3. Welche Farbe hat der Vogel?
Blau ist die Farbe deines gelben Haares.
Rot ist das Girren deines grünen Vogels.
Du schlichtes Mädchen im Alltagskleid, du liebes grünes Tier, ich liebe dir! – Du deiner dich dir, ich dir, du mir, – Wir?
Das gehört [beiläufig] in die Glutenkiste.
Anna Blume! Anna, a-n-n-a, ich träufle deinen Namen.
Dein Name tropft wie weiches Rindertalg.
Weißt du es, Anna, weißt du es schon?
Man kann dich auch von hinten lesen, und du, du Herrlichste von allen, du bist von hinten wie von vorne: »a-n-n-a«.
Rindertalg träufelt streicheln über meinen Rücken.
Anna Blume, du tropfes Tier, ich liebe dir!

Modernes Hohelied

Er trug immer einen kleinen Schraubenzieher bei sich. Damit schraubte er Hinweisschildchen ab, löste Anschläge von der Wand, Klebezettel. Kurt Schwitters konnte irgendwo in der Stadt mit ausdruckslosem Gesicht angelehnt stehen, und hinter seinem Rücken arbeiteten die Hände mit dem Schraubenzieherchen. Er sammelte alles, was sich zu Collagen fügen und kleben ließ. Je kunstferner das Material, um so wundersamer die Verwandlung in der Komposition. »Merz« nannte er diese Kunst. Das Wort hatte sich aus einem zerschnittenen Inserat ergeben. Zufällig. Man nimmt an, daß die Schere durch »Commerzbank« gefahren war.

Nicht anders ging er bei seinen Gedichten vor, auch seinem berühmtesten, »An Anna Blume« von 1919. Sprachfetzen, Wortgruppen, stehende Wendungen, Zweckformeln, Banales und poetisch Aufgeladenes, er baute es zusammen, und siehe, es wurde zur Dichtung. Die Widerlogik der Sätze deckte in den Wörtern alte sinnliche Qualitäten auf. Es entstanden Oxymora wie »die kalte Glut«, die an das paradoxe Reden der Mystiker erinnert. Wenn er sagt: »Blau ist die Farbe deines gelben Haares«, verschwinden die zwei Farben nicht, obwohl es sie gar nicht geben kann, sie leuchten nur noch stärker aus dem Satz heraus. Die konventionelle Logik ist keine Voraussetzung für die ästhetische Erfahrung. Das verdanken wir unserem Gehirn, das uns Farben, Klänge, Gerüche genießen ließ, lange bevor wir eine geordnete Welt kannten. Die Kunst der Moderne hat daraus gewaltig Kapital geschlagen.

Am Anfang standen nicht die Dadaisten. Diese führten nur weiter und schärften zu, was die italienischen Futuristen begonnen hatten. Deren Kampfruf war: »Parole in libertà!« 1912 stieß Marinetti ihn erstmals aus, 1916 griffen ihn die Dadaisten in einer verrauchten Zürcher Kneipe auf. Das Wort sollte aus den Ketten der Grammatik, des Sinnzwangs, der Satzlogik befreit werden, sollte sich frei auf dem Blatt bewegen können und mit andern Wörtern nach Belieben in Verbindung treten zu neuen Klängen und Visionen. Nicht nur das Wort, meinte dann Hugo Ball in Zürich, auch der einzelne Buchstabe, der Laut. So erschuf er das Lautgedicht, das Kurt Schwitters später weiterentwickelte und in der »Ursonate« monumental machte.

»An Anna Blume« ist eine Sprach- und Wortcollage, aus deren vordergründigem Unsinn ein tatsächliches Liebesgedicht entsteht. Nicht nur, weil es mit »O du« beginnt, sondern weil uns Begeisterung daraus entgegenschlägt: »ungezähltes Frauenzimmer«, Zärtlichkeit: »ich träufle deinen Namen«, hochgemutes Rühmen: »rote Blume, rote Anna Blume« und kaum verblümte Erotik: »man kann dich auch von hinten lesen«. Das ist nicht einfach eine Parodie der herkömmlichen Liebeslyrik – so etwas wäre billiger zu haben –, es ist selbst ein gültiges Exemplar dieser alten Poetenraserei.

Deshalb schlug das Gedicht auch so ein. In Berlin war es nach kurzer Zeit bekannt wie Rilkes »Panther« oder Heines »Loreley«. Für das Buch, worin es stand, warb der Verlag mit einem Plakat: großgedruckt der Anna Blume-Text und unten winzig die Bemerkung: »Jeder Gebildete sollte es besitzen.«

Man darf hier auch nicht einfach nur von Ironie sprechen. Ironie ist ein vielfältiges Phänomen und kann über Kritik und Satire weit hinausgehen. Hier wird sie zu einem Ereignis der Freiheit. Ein Wind von Ungebundenheit weht durch die Zeilen. Diesen spürt man auch sonst sehr oft in den Werken der frühen Moderne – bevor sie jeweils selbst wieder doktrinär wurde.

Das Gegenteil solcher Freiheit, die Sprache als Drill, wird gleich zu Anfang zitiert in der fast schulmäßigen Deklination des Personalpronomens: »Du deiner dich dir«. Dann aber geht diese trockene Reihe über in das Reden zweier Verliebter, mit sinnlichem Unterton: »ich dir, du mir«, um schließlich in das Wort zu münden, das zu pathetisch wäre, würde es nicht durch das Fragezeichen gedämpft: »Wir?« Die kostbare Kette kehrt dreimal zurück und wird zum organisierenden Refrain.

Wie wenig es hier um Gewalt geht, die der Sprache angetan wird – der Vorwurf existiert –, kann man an den Zeichen der Weichheit, der Verflüssigung studieren, die den Schluß bestimmen. Was zunächst schmilzt, ist ein Wort, der Name Anna. Sichtbar, hörbar geschieht dies durch das Auflösen der festen Bezeichnung in die einzelnen Laute: »a-n-n-a«. Und dann heißt es tatsächlich: »Dein Name tropft.« Jetzt erst entdeckt der Sprecher auch das Palindrom im Namen, eines der ältesten sprachmagischen Ereignisse seit der antiken Sator-Formel. Es gerät zum Zeichen der Verwandlung für beide, die Frau und den Mann. Beide werden weich und sanft wie dieses Wort. Das krasse Bild vom Rindertalg aber verhindert den drohenden Kitsch und krönt das Gedicht mit der kühnsten Liebesmetapher des 20. Jahrhunderts.

Robert Walser

Was fiel mir ein?

Ja, es war hübsch für mich, mich nach der Göttin
zu sehnen, alle Plätze, alle Straßen hatten
ein Ansehn wie von reicherer Lebendigkeit.
Wie war's mir mannigfaltig in der Seele, seit
ich sie für auserlesen herrlich hielt,
obschon ich offenherzig zu mir sprach: »Sie schielt.«
Das Fehlen der vollkommnen Schönheit
gab mir zu glauben Grund, sie sei die Schönste,
da Zärtlichkeit ja doch die Bildnerin
selbst ist. Wie kühl ist mit der Zeit das Herz mir
geworden. Habe ich den Schmerz vergessen,
der eigentlich das Sonnigste des Lebens ist,
woran ich mich erquickte, wie ich noch an keinem
Vergnügen hing? Wann ging die feine Stäubung
dem Schmetterling in mir verloren?
Wann fing es an, wann, wo begann, was mich
entfärbte, weshalb war's mir eines Tages nicht
mehr möglich, süß um sie zu sterben, so
wie Liebende den blumenduftenden
Tod verstehen? Sieht für mich nun alles wie
entzaubert aus, doch müssen nicht die andern
auch lieblos durch das lange Leben wandern?
Was fiel mir schönheitstrunkner Seele ein?

Weltverfinsterung

Sind das nicht zwei Gedichte? Verschieden im Klang, in den Bildern, in der Art des Redens? Beginnt im zehnten Vers nicht ein anderer Text? Dieser ist herzzerreißend, während der erste Teil in der Art von Walsers Prosastücken daherplaudert. Gewiß, auch der Anfang ist doppelbödig. Er umspinnt eine seltsam schrille Dissonanz – »Sie schielt« –, als müßte sie entschärft werden. Er reflektiert mit zierlicher Umständlichkeit, ist »hübsch« im Walserschen Sinn und kann nachdenklich machen – ergreifend ist er nicht. Ergreifend, erschütternd werden die Verse erst nach dem Satz: »Wie kühl ist mit der Zeit das Herz mir geworden.«

Das Bewegende daran liegt nicht nur in der Mitteilung, daß einem glücksmächtigen und trauerstarken Menschen die Gefühle in der Brust absterben, daß er die Aufschwünge des Entzückens ebenso verloren hat wie die Sehnsucht und jene »unendlichen« Schmerzen, welche die Götter, nach den Worten des achtundzwanzigjährigen Goethe, »ihren Lieblingen ganz« geben. Außerordentlich sind die Zeilen deshalb, weil sie den Verlust der Schönheit und das Ende des Werbens um den Zauber der Welt aussprechen mit Worten von magischem Glanz. Über die hereinbrechende Nacht wird in einer Sprache geredet, durch die zum letzten Mal das Licht fährt wie durch blühende Bäume.

Ein Blick auf die grammatische Beschaffenheit des Textes zeigt, warum dies möglich ist. Die zweite Hälfte des Gedichts besteht aus lauter Fragesätzen. Aus ihnen entspringt die Paradoxie. Es sind die alten Fragerufe der Elegien: Wo seid ihr? Wo ist das Glück geblieben? Wo nehm ich, wenn es Winter ist, die Blumen her? Die rhetorische Frage, die den Verlust bestätigt, nennt das Verlorene noch einmal und gewinnt dabei einen Widerschein von dessen Schönheit. So heben, um das gewaltigste Beispiel zu nennen, die elegischen Fragen in Hölderlins »Archipelagus« durch ihre inständige Wiederholung die versunkene Herrlichkeit der griechischen Welt ans Licht empor.

Allerdings sind Walsers Fragen nicht nur rhetorisch. Der hier spricht, weiß, daß er am Kaputtgehen ist. Die Wüste wächst, um ihn und in ihm. Aber warum das so ist, weiß er nicht. Das Pathos der großen Elegie wird begleitet von einer rührenden Hilflosigkeit. Während sich Hölderlin am prophetischen Gestus aufrichtet und darüber einen öffentlichen Ort gewinnt, ist Walser ganz auf seine Zimmerexistenz zurückgeworfen. Er hat nur sich und seinen Koffer.

Er ist der Alleinstehende schlechthin, der »Zimmermann« im wörtlichsten Sinn. So nennt er sich tatsächlich einmal, in den »Prosastücken« von 1916, und sein Bruder Karl, der große Maler, hat den Text illustriert und den Dichter gezeichnet, wie er in seinem Zimmer auf dem Koffer sitzt, nachdenklich, den Chaplin-Hut auf dem Fenstersims, ein Anachoret der Moderne.

Kein Anachoret ohne seinen Gott. Hier ist es eine Göttin. Der Mann in den billigen Zimmern hat mit ihr gelebt, bis »es anfing«. Sie schwebte vor ihm als Ziel der Sehnsucht, und doch wußte er genau, daß er sie selbst in den Raum strahlte, mit seinen farbenschaffenden Augen, seiner farbenschaffenden Seele, Schmetterlingsseele. Nicht aus einem tatsächlichen Himmel stieg diese Gottheit nieder wie einst die Engel zu den Wüstenvätern, sondern er strahlte sie in den Raum, und dann sehnte er sich nach ihr, und sein Glück schien ihm größer als das aller andern. Eine Frau im Kaffeehaus, am Tisch schräg gegenüber, konnte zur Göttin werden, oder die Sonne über dem Jura. Das war sein Lebensspiel. Immer war er auch der Herr seiner Herrinnen. Wenn sie schielten, bestätigte das seine Macht. Er lachte sie aus unter Tränen des Verlangens, und seine Dichtung war ein kultischer Dienst. Ganz feierlich und ganz ironisch.

Das Gedicht entstand ein Jahr bevor Robert Walser, fünfzigjährig, in die Berner Klinik Waldau eintrat.

Gertrud Kolmar

Salamander

Wir wohnten fern einander
In Leibern, nicht in Herzen.
Du warst der Alchimist.
Ich war der Salamander.

Ein kleines Ungeheuer,
Ein schwarzes Kielkropftierchen,
Mit goldnem Schlamm besprenkelt,
Zerwand ich mich im Feuer.

Es sprang mit dünnem Schnauben
Um meine feuchten Glieder,
Und daß ich dunkles Eis –
Die Leute mochten's glauben.

Die Leute glauben Mären,
So wahr wie Wirklichkeiten.
Die rote Zunge leckte;
Ich warf ihr meine bitterlichen Zähren.

Sie sank zu dünnem Fächeln,
Das ruhte siech im Herde
Auf mürbem Föhrenholz
Und starb um meine Schwärze als ein Lächeln.

Da ließest du das dumpfe,
Das unbeholfne Wesen
In kühlen Herbsttag gleiten.
Es kehrte heim zum Sumpfe.

Eine Liebesgeschichte

Ein Liebesgedicht. Eine Liebesgeschichte. Eine Liebeskatastrophe. Das heftige Geschehen wird aufgefangen in einem einzigartigen Bild. Daß Gertrud Kolmar das älteste Thema der Lyrik auf eine Art vor unsere Augen bringen kann, wie es vordem noch nie geschah, beweist allein schon ihren Rang im literarischen 20. Jahrhundert.

Der Salamander galt seit der Antike als das Tier, das nicht verbrennt. Das Feuer tut ihm nichts. Als wäre er aus Eis. Daher wurde er für die Alchimisten wichtig. Sie sahen in ihm das Sinnbild ihres höchsten Ziels, des Steins der Weisen, der im Feuer ihrer Laboratorien entstehen sollte. Daneben rechnete man den Salamander zu den Naturgeistern, die in den vier Elementen leben: Die Undinen hausen im Wasser, die Gnomen in der Erde, die Sylphen in der Luft und die Salamander eben im Feuer. Diese Überlieferung ist für das Gedicht allerdings belanglos. Die Verse richten sich ganz auf die Vision vom Salamander im Feuerexperiment eines Alchimisten. Dieser setzt das Tier den Flammen aus, um seine Feuerfestigkeit zu prüfen und zu studieren, ob es sich in der Glut verwandle.

Doch das Gedicht widerspricht der Legende. Der Salamander ist nicht unverletzlich. Das Feuer brennt und sengt, und er müßte verderben, wenn ihn nicht die Sturzflut seiner Tränen schützte. Sie löscht die leckende »rote Zunge«. Aus der Qual des goldgefleckten Wesens, seinem »Zerwinden«, entspringt die Rettung. Die Flammen sinken zusammen. Zuletzt sind sie nur noch ein Lächeln von Licht auf dem feuchten Holz. Der Alchimist aber, der Mann und Wissenschaftler, wendet sich jetzt ab. Für ihn ist das Experiment geglückt. Die Frau, das Objekt, hat überlebt. Mehr interessiert ihn nicht. Von der wahren Ursache hat er keine Ahnung.

Die Verse sind so leichthin gesprochen, als ginge es nicht um Tod und Leben. Erst die genaue Betrachtung zeigt, wie sorgsam jedes Wort gesetzt ist. Daß sich in der ersten Strophe der Anfangsvers erst auf den vierten Vers reimt, mit zwei reimlosen Zeilen dazwischen, spiegelt die räumliche

Trennung der Liebenden, von der gleichzeitig die Rede ist und die hier noch als glückliche Verbindung der Herzen erscheint. Ohne diesen Auftakt müßte das Gedicht scheitern. Das innere Verbundensein ist das Feuer, ist die Liebe zwischen den beiden, und erst mit der Zeit erkennt die Frau, daß diese Einheit in Wahrheit eine Unterwerfung ist. Im Feuer begreift sie es, in der Glut ihrer Liebe, die der Mann kühl beobachtet. Die Reime auf Distanz ziehen sich zeichenhaft durch das Ganze. Von ähnlicher Aussagekraft ist die plötzliche Lücke nach dem Wort »Eis« in der dritten Strophe. Nur eine Silbe fehlt hier; sie wäre leicht zu ergänzen. Aber in diesem Stocken bricht der schreckliche Unterschied auf zwischen dem Glauben der Leute – und des Alchimisten! –, daß es dem Salamander im Feuer wohl sei, und der tatsächlichen Liebesnot. Auf diese Verkürzung antworten die zwei ebenso auffälligen Langverse am Ende der folgenden Strophen. Sie reden von der Rettung in die Einsamkeit hinein.

»Ich seh den Salamander durch jedes Feuer gehen«, heißt es in Ingeborg Bachmanns berühmtestem Gedicht, und: »Kein Schauer jagt ihn, und es schmerzt ihn nichts.« Die Liebe als salamandrisches Glück in den Flammen, das wäre der herrliche Gegenglaube. Er hat auch bei Ingeborg Bachmann nicht hingehalten.

Die Tiere, die aus Urzeiten zu stammen scheinen – Echsen, Kröten, Drachen, Salamander … – gehören in Gertrud Kolmars private Mythologie. Sie reden von einer Gegenwelt zu den Normen der Zivilisation, und sie reden von trotziger Weiblichkeit. Schon Bachofen hat die Frauen zur schwarzen, wassergetränkten Erde in Beziehung gesetzt, hat sie symbolisch mit allem verknüpft, was aus solcher Tiefe lebt, und er hat Schwarz zur weiblichen Farbe schlechthin erklärt. Gertrud Kolmar entwickelte diese anstößige Bildlichkeit fort. Unter ihren Händen entstand eine Welt urtümlich-ungezähmter Gestalten. Das »schwarze Kielkropftierchen«, das zurück in seinen Sumpf schlüpft, ist eine davon.

Silja Walter

Tänzerin

Der Tanz ist aus. Mein Herz ist süß wie Nüsse,
Und was ich denke, blüht mir aus der Haut.
Wenn ich jetzt sacht mir in die Knöchel bisse,
Sie röchen süßer als der Sud Melisse,
Der rot und klingend in der Kachel braut.

Sprich nicht von Tanz und nicht von Mond und Baum
Und ja nicht von der Seele, sprich jetzt nicht.
Mein Kleid hat einen riesenbreiten Saum,
Damit bedeck ich Füße und Gesicht
Und alles, was in diesem Abend kauert,
Aus jedem Flur herankriecht und mich mißt
Mit grauem Blick, sich duckt und mich belauert,
Mich gellend anfällt und mein Antlitz küßt.

Sprich nicht von Tanz und nicht von Stern und Traum
Und ja nicht von der Seele, laß uns schweigen.
Mein Kleid hat einen riesenbreiten Saum,
Drin ruht verwahrt der Dinge Sinn und Reigen.

Ich wollte Schnee sein, mitten im August,
Und langsam von den Rändern her vergehn,
Langsam mich selbst vergessen, ich hätt Lust,
Dabei mir selber singend zuzusehn.

So hinreißend beginnt das Gedicht, so sinnlich-glücklich spielt es dahin in der ersten Strophe, daß man das Bedrohliche lange nicht wahrhaben will. Wie kann ein so herrlicher Anfang überhaupt ins Dunkle und Zweideutige geraten? Wie kann er sich in das Schlimme verwandeln, das am Schluß der zweiten Strophe auch den Leser »gellend anfällt«?

Wenn man das Ganze studiert, beobachtend und nachdenkend, wird klar, daß der unvergleichliche Beginn gar nicht möglich wäre ohne den Hintergrund einer ganz anderen Verfassung. Allerdings sträubt man sich hier mehr als sonst gegen die analytische Operation. Man möchte die Verse nur tönen und verhallen lassen und nichts weiter sehen als ihr Leuchten über der finsteren Tiefe. Die geschärfte Betrachtung erweist sich indessen als so spannend, hinter den Bildern erscheinen Konturen einer so dramatischen Erfahrung, daß wir die Aufforderung zur Reflexion, die von dem Gedicht ebenso nachdrücklich ausgeht wie die Aufforderung, die Reflexion zu unterlassen, auf die Dauer nicht abweisen können.

Alles wird regiert vom Paradox, daß vom Tanz gesprochen wird in der Form eines wiederholten Befehls, vom Tanz nicht zu sprechen. Das Gedicht entfaltet sich als einziger Verstoß gegen seine oberste Maxime: »Sprich nicht vom Tanz... sprich jetzt nicht... Sprich nicht... laß uns schweigen...« Wie kann es aber falsch sein, sich in Ruhe über das Wunder auszusprechen, von dem die erste Strophe so ungestüm berichtet?

Der entscheidende Vers ist der zweite: »Und was ich denke, blüht mir aus der Haut.« Das gilt im Augenblick noch, für kurze Zeit, solange der Tanz fortbebt im lebendigen Körper und das Herz noch »süß wie Nüsse« ist. Gleich wird es vorbei sein, denn der Tanz ist aus. Die Schroffheit der ersten vier Worte darf nicht überhört werden. Sie markieren den Schnitt, die Trennung von dem, was war. Was war, begreifen wir aus dem zweiten Vers. Im Tanz ist das Denken ein Ereignis des ganzen Körpers. Es ist sprachlose Erkenntnis, mächtige Verständigung mit sich selbst und allen andern, ganz ohne die Wörter mit ihren abgemachten Bedeutungen, ohne die Sätze mit ihren eingeübten Regeln. Der Tanz ist nicht ein Abschütteln des Denkens, wie man meinen könnte, sondern dessen höchste Gestalt. *Cheirosophos* haben die alten Griechen den Tänzer genannt, das heißt: »der mit den Händen Weise«; einer, der nur in den unerhörten Bewegungen seines Körpers denkt, begreift, erkennt.

An dieses Denken reicht die mit der Sprache verknüpfte Reflexion nicht heran. Deshalb muß geschwiegen werden, solange noch eine letzte Vibration des Tanzes über die Haut läuft, ein letztes Licht seiner Weisheit in der Luft zittert. Und unheimlich packend ist die Warnung, »ja nicht von der Seele« zu reden. Man kann daraus auf die Einsichten schließen, die der Tanz dieser Tänzerin über das Innerste des Menschen eröffnet hat. Daher ist der Wunsch, sich selbst zu vergessen, sich aufzulösen wie ein Schneefleck im Sommer, nicht etwa ein Streben zum Tod hin. Es ist das Begehren zurück zu jenem andern Wissen, das sich im Tanz ereignet hat und jetzt versperrt wird vom alltäglichen Bewußtsein.

Das Kleid mit dem »riesenbreiten Saum« nimmt sich als Element der Trennung und Vermittlung zugleich aus. Im Tanz flog es mit der entzückten Frau dahin und war ein Teil von ihr. Jetzt bewahrt es die Erinnerung an das Verlorene auf. Vom höheren Wissen getränkt, besitzt es die Kraft einer magischen Abwehr gegen die kalte Welt.

Silja Walter, geboren 1919, war wenig über zwanzig Jahre alt, als sie dieses Gedicht schrieb. Seit 1948 lebt sie als Benediktinerin im Kloster Fahr bei Zürich.

Günter Eich

Latrine

Über stinkendem Graben,
Papier voll Blut und Urin,
umschwirrt von funkelnden Fliegen,
hocke ich in den Knien,

den Blick auf bewaldete Ufer,
Gärten, gestrandetes Boot.
In den Schlamm der Verwesung
klatscht der versteinte Kot.

Irr mir im Ohre schallen
Verse von Hölderlin.
In schneeiger Reinheit spiegeln
Wolken sich im Urin.

»Geh aber nun und grüße
die schöne Garonne –«.
Unter den schwankenden Füßen
schwimmen die Wolken davon.

Auf schwankenden Füßen

Dieses Gedicht wurde einst als Programm gelesen. Es stand für »Kahlschlag«, »Stunde Null«, »Neubeginn«. Genau besehen, war es nicht einmal das Gedicht als Ganzes, was dieses Programm verkörperte. Das Fanal steckte vielmehr im Ereignis eines einzigen Reims. Daß »Hölderlin« sich auf »Urin« reimte, sei, man kann es heute noch hören, ein Schock gewesen, ein Skandal, und aus diesem Skandal sei die neue deutsche Literatur geboren worden, die Literatur einer jungen Generation, die endlich aufräumte mit Mief und Verlogenheit. Illusionslos, nur auf Wahrheit und Genauigkeit verpflichtet, sprachen diese neuen Dichter aus, was der Fall war. Nichts weiter. Dies aber laut und deutlich. So die Legende.

Tatsächlich erschien das Gedicht erstmals 1946 in der Zeitschrift »Der Ruf«. Alfred Andersch gab sie zusammen mit Hans Werner Richter heraus, Untertitel: »Unabhängige Blätter der jungen Generation«. Nach einem Eingriff der amerikanischen Besatzungszensur und dem Verbot des Nachfolgeprojekts »Der Skorpion« gründete ein Häuflein von Redakteuren und Mitarbeitern des »Ruf« die Gruppe 47. Man wollte die für den »Skorpion« vorgesehenen Texte gemeinsam diskutieren und in weiteren Treffen eine Gegenöffentlichkeit schaffen für die junge Literatur.

Zur Gruppe 47 gehörte Günter Eich von Anfang an. 1950 erhielt er ihren ersten Preis. Jedermann wußte: Er hatte »Hölderlin« auf »Urin« gereimt; er war ein Vorkämpfer. Daß er auch ein Nachkämpfer war, blieb weniger bekannt. Er hatte fast die ganze Nazi-Zeit hindurch in Deutschland für den Rundfunk gearbeitet und eine breite Produktion von Hörfolgen und Hörspielen geliefert. Was davon überliefert ist, ist ziemlich schrecklich, ziemlich Blut und Boden. Ein Beispiel steht in der Werkausgabe, das »Monatsbild Dezember« von 1937 mit einer vom Chor gesungenen Sonnwendhymne:

In Eis und Schnee begraben alle Zonen,
gefroren blickt der blaue See herauf.
Du, schönes Land, in dem die Deutschen wohnen,
mach wieder deine blauen Augen auf!

Eilt, Sonnenpferde, eilt! Die goldnen Lanzen
werf ich mit Macht durchs dunstende Gezelt.
Die Nebelfahnen flattern, doch wir pflanzen
des Lichtes Zeichen in die Winterwelt.

Was immer sich die Hörer unter »des Lichtes Zeichen« gedacht haben mögen, sicher ist, daß der »Ruf« und der »Skorpion« und die Gruppe 47 genau gegen diese Art Literatur antraten und daß also die kulturkritische Polemik, die im Latrinengedicht steckt, auch auf das poetische Vorleben des Autors selber zielte.

Günter Eich wurde zu einem der großen Lyriker der Nachkriegszeit, weil er gerade nicht, wie die Legende es will, den Neubeginn, sondern den ganzen literarischen Prozeß verkörperte, der in Deutschland seit 1927, dem Jahr seiner ersten Gedichte, abgelaufen war. Und die Leistung des Latrinengedichts besteht daher auch nicht in der angeblichen Kühnheit jenes Reims, sondern darin, daß hier einer vom Dreck spricht, der hinter und unter ihm liegt und weiterhin zum Himmel stinkt. Die Kotlachen, in denen sich die weißen Wolken spiegeln, sind mehr als ein preziöses Bild. Dieses könnte sich auch bei Baudelaire finden. Hier aber wird von einem Gegensatz gesprochen, den es von nun an auszuhalten gilt, obwohl er unerträglich ist. Das Schlüsselwort ist »irr«. Man denkt zunächst, es beziehe sich auf Hölderlin und seine Verse, es bezieht sich aber auf den, der da spricht. An den Rand des Wahnsinns gerät, wer hier, über der braunen Kloake der Geschichte, weiterhin mit Gedichten lebt und Gedichte schreibt. Und doch muß es geschehen.

Die Legende vom »Neubeginn« einer unschuldigen Generation hat verdeckt, was die verbindliche Dichtung der Nachkriegszeit, auch die Dichtung Eichs, verwirklicht hat: Trotz den »schwankenden Füßen« aufrecht zu stehen und zu reden, wo sich jedes Wort zu verbieten schien. Und wenn diese Rede oft genug nur noch in Paradoxen möglich war, in schrägen Verkürzungen, zuletzt im irren Witz der »Maulwürfe«, sie hat sich doch dem Unerträglichen gestellt und das vorzeitige Vergessen verhindert.

Günter Eich

Brüder Grimm

Brennesselbusch.
Die gebrannten Kinder
warten hinter den Kellerfenstern.
Die Eltern sind fortgegangen,
sagten, sie kämen bald.

Erst kam der Wolf,
der die Semmeln brachte,
die Hyäne borgte sich den Spaten aus,
der Skorpion das Fernsehprogramm.

Ohne Flammen
brennt draußen der Brennesselbusch.
Lange
bleiben die Eltern aus.

Trümmermärchen

Das Gedicht lebt von einem magischen Wort: »Brennesselbusch«. Warum magisch? Die Pflanze findet sich ja an jedem Wegrand. Magisch wird das Wort in der Verbindung mit dem Titel: »Brüder Grimm«. Dieser ruft in uns nicht die Vorstellung der zwei ernsten Forscher hervor, sondern die Welt ihrer Märchen. Und sofort wissen wir: »Brennesselbusch« ist ein Märchenwort, ein Stück der Märchensprache, die wir kennen, seit wir Kinder waren, und in der immer wieder Verse und Sprüche auftauchen, bald rührend, bald witzig, bald surreal – »O du Falada, da du hangest ...«; »Ach, wie gut, daß niemand weiß ...«; »Ich bin so satt, ich mag kein Blatt ...«; »Manntje, Manntje, Timpe Te ...« So genau können wir zwar diesen Brennesselbusch nicht zuordnen, aber er ist tief in die Aura des herrlichen Buches getaucht.

Es geht wohl um ein bestimmtes Märchen, denkt man, ein weniger bekanntes, in dem auch der Wolf vorkommt. Nur der Skorpion und die Hyäne wirken eher fremd. Tatsächlich ist der Brennesselbusch das Schlüsselmotiv des Grimm-Märchens »Jungfrau Maleen«. Und tatsächlich erscheint er auch in einer jener kleinen Zauberstrophen, niederdeutsch sogar: »Brennettelbusch, / Brennettelbusch so kleene, / wat steist du hier alleene?« Doch die Hoffnung, damit auch schon hinter das Geheimnis des Gedichts gekommen zu sein, täuscht. Einige Motive des Märchens werden zwar in den Versen gestreift, aber sehr verändert, und von einem Skorpion und einer Hyäne kann keine Rede sein. So wenig wie vom Fernsehprogramm.

In seinen späten Jahren wurde Eich des Tiefsinns in der Lyrik immer überdrüssiger. Ihn lockte das freie Spiel mit den Elementen und Vokabeln eines Themas, ungeniert an allem feierlichen Sinn vorbei. Damit konnte er den verhaßten Predigern und Gesetzgebern mit ihrer Herrensprache auf der Nase herumtanzen. In den »Maulwürfen« trieb er es bis zum Tumult. Doch schon in »Brüder Grimm«, entstanden vermutlich 1957, Erstdruck 1964, ist diese Ästhetik am Werk. Die Geschichte von der Jungfrau Maleen ermöglicht den Auftakt, dann gleiten unterschiedliche Märchenmotive durcheinander. Alleingelassene Kinder wie in den »Sieben Geißlein«; Tiere, die auf Besuch kommen oder denen man nacheinander begegnet. Aber eine konventionelle Collage wird nicht daraus. Eich arbeitet frei weiter. Zum Märchentier Wolf treten neue, böse Genossen. Die Eltern kehren nicht zurück. Kein gutes Ende.

In jenem Märchen wird die schöne Königstochter Maleen vom Vater eingemauert, und als sie sich nach sieben Jahren befreit, liegt das Land ringsum in Trümmern, verwüstet und verbrannt. Sie muß sich von einem Brennesselbusch ernähren. Er wird zum Zeichen ihrer Einsamkeit. Erst nach langer Not findet sie den einstigen Geliebten wieder.

Und jetzt sehen wir, daß Eich auch mit der deutschen Geschichte spielt. Ein Land in Ruinen, die gebrannten Kinder, die Kellerfenster statt des gemauerten Turms, die verlorene Ordnung einer alten Familiensittlichkeit – alles deutet auf Nachkrieg und Orientierungskrise. Und die Welt draußen? Da herrschen Wolf, Hyäne und Skorpion. Sie geben sich unheimlich freundlich, spiegeln einen Scheinfrieden vor. »Trau ihnen nicht!« steht zwischen den Zeilen.

Wer's gerne eindeutig hat, kann die Tiere auf die Weltmächte beziehen und die Semmeln auf den Marshall-Plan. Ein Gewinn für das Gedicht wäre eine solche Deutung mit dem Nußknacker allerdings nicht. Sie zerstört den Bann, der vom Wort »Brennesselbusch« auf alle Zeilen übergreift und sich im lyrischen Zug der Schlußstrophe noch steigert. Hier wachen zudem andere, ältere Bilder auf. Der brennende Dornbusch, der in Flammen steht, aber nicht verbrennt, rückt neben die Märchenpflanze. An ihn könnte man sich halten, wenn die Eltern ausbleiben. Sie haben ohnehin gelogen.

Theodor Kramer

Oh, wer geht mit mir rasch noch ins Kino vor Nacht

Im Speiseraum muffelt's, die Zunge verdorrt
beim Kaffee mir und hart ist der Platz;
der eine bezahlt und der andre geht fort
und ein jeder hier hat einen Schatz.
    Oh, wer geht mit mir rasch noch ins Kino vor Nacht,
    denn das Hocken allein hat mich traurig gemacht
    und grün blinken im black-out die Lichter.

Die andern sind Flüchtlinge, ich aber bin
fremd in London dazu … es erstirbt
das Geräusch in den Gassen; es zuckt mir das Kinn,
da ganz nah es im Finstern aufzirpt.
    Oh, wer geht mit mir in den Hyde Park zur Nacht,
    denn es hat sich im Ziergrün ein Wind aufgemacht
    und grün blinken im black-out die Lichter.

Bis aufs Bröckeln des Mörtels vom Sims ist es still
vor den Häusern; ich kann es verstehn,
daß kein Mädel mit mir was zu tun haben will,
doch allein muß noch heut ich vergehn.
    Oh, wer geht mit mir in die Bar noch vor Nacht,
    denn betrunken schon hat selbst das ale mich gemacht
    und grün blinken im black-out die Lichter.

Ich hab kein Arbeit, kein Heim, es zerreibt
das Gedärm mir im Leib … was ich kann,
ist: Gedichte zu schreiben wie keiner sie schreibt;
in ganz London kein Hund prunzt mich an.

Oh, wer schlägt mir rasch ins Gesicht noch zur Nacht,
denn das Herz ist mir nur zum Zerspringen gemacht,
und grün blinken im black-out die Lichter.

Die Nacht des Emigranten

Man achte auf den letzten Vers. Er kehrt viermal unverändert wieder und weist eine merkwürdige Stolperstelle auf. Weil man den Rhythmus des ganzen Gedichts rasch im Ohr hat, hört man das Kurz-kurz-lang dieses Versanfangs schon im voraus. Umso mehr irritiert, daß das bedeutungsstarke Wort »grün« auf eine Senkung fällt. Der Schlußvers läßt sich auf diese Weise gar nicht sprechen. Ein metrischer Fehler? Das kann einem so offensichtlichen Virtuosen der Metrik nicht passieren. Tatsächlich geht der Vers rhythmisch auf, sobald man »grün« betont und das anschließende »blinken« ebenfalls mit einer Hebung beginnen läßt. Zwei Hebungen also nacheinander. Das erzwingt eine Zäsur dazwischen, eine winzige Pause, und gibt der Zeile einen überzeugenden Takt. Eigentlich wäre sie so zu schreiben: »und grün – blinken im black-out die Lichter.«

Das Wort »grün« wird dadurch zu einem herausgehobenen Klang, vier Mal an empfindlichster Stelle. Jeder weiß, es steht für die Hoffnung. Diese scheint hier zu erwachen, aber sie wird gleich wieder zunichte gemacht. Das Grün verdankt sich dem black-out, der Verdunkelung Londons im Krieg, die alles weiße Licht zu einem gefärbten Schimmer dämpfte. Das Aufblinken der Hoffnungsfarbe besiegelt nur die Hoffnungslosigkeit.

Theodor Kramer, Sozialist, Jude und verdienter Soldat im Ersten Weltkrieg, hatte 1939 mit knapper Not aus dem Nazi-Wien nach England entkommen können. Der Ruhm, den ihm seine Gedichtbände seit 1929 eingetragen hatten, war hier nicht einmal ein Gerücht. Er schleppte sich durch die Jahre, auch unter den Emigranten einsam, hungerte viel und schrieb unentwegt Gedichte. Tausende. Versemachen war ihm wie Atmen oder Trinken, auch ohne Aussicht auf Publikation. Das macht die überlieferten Texte so ergreifend, auch das vorliegende Beispiel. Sie sind Dichtung und Dokument zugleich.

Auch wenn er nie als Sänger auftrat, war er im Grunde ein Chansonnier. Man meint eine Melodie zu hören beim Lesen, leichte Töne, die sich trällern lassen. Aber parodistisch wie bei Wedekind oder Brecht sind diese Chansons nie. Theodor Kramer besteht die Welt nur, indem er sie zum Gedicht macht, Tag für Tag, und dieses Gedicht muß in Rhythmen und Reimen schwingen. Modern oder nicht modern – das ist keine Frage, wo es um das Überleben geht. Rhythmen und Reime werden ihm zu einem fragilen Zuhause. Auch wenn sie von der schwarzen Verlassenheit reden, wohnt in ihnen noch ein Echo von guter Ordnung. Wie im kleinen Klang des Wortes »grün«.

Das Gedicht entsteht im August 1942. Die Not ist ungeschminkt. Alles wird beim Namen genannt. Wenigstens zu zweit ins Kino! Oder in den Hyde Park. Oder in eine Bar. Nur nicht so allein in der totenstillen Stadt! Bei diesen Versen merkt man plötzlich, wie luxuriös die Flaneure leben, von denen immer so viel Aufhebens gemacht wird. Sie genießen ihre Einzelgängerei, weil sie es jederzeit anders haben könnten. Auch dieser Flüchtling besitzt den scharfen Blick der Flaneure. Auch er registriert die Nuancen der Metropole: wie der Mörtel von den alten Häusern rieselt, oder daß irgendwo ein Grille aufzirpt. Aber wo der Flaneur sich an seiner Einsamkeit delektiert, leidet der Flüchtling daran wie ein Hund.

Das zeigt die schreckliche Steigerung in der vierten Strophe. Vorher brachte das Beschreiben der nächtlichen Stadt noch etwas wie Ruhe in die Rede. Jetzt bricht der Jammer wild heraus. Der Verlassene begreift sich als Dichter, stolz sogar: »Was ich kann, ist: Gedichte zu schreiben wie keiner sie schreibt«. Aber das ist keine Selbstversicherung, es weiß ja niemand etwas davon. Kein Gegenüber hat er unter Millionen. Selbst Feindschaft, Streit, ein Schlag ins Gesicht wären erlösend. Da könnte im Innern doch etwas auflodern; das Herz könnte zu bersten glauben in einem mächtigen Gefühl. Die Parallelität dieses »Oh, wer schlägt mir ...« zu den drei vorhergehenden »Oh, wer geht mit mir ...« ist entsetzlich.

Theodor Kramer kehrte erst 1957 nach Österreich zurück, mit Bergen von Gedichten. Das Interesse daran hielt sich in Grenzen. Sechs Monate später war er tot.

Bertolt Brecht

Der Bauch Laughtons

Sie alle verschleppen ihre Bäuche
Als wäre es Raubgut, als würde gefahndet danach
Aber der große Laughton trug ihn vor wie ein Gedicht
Zu seiner Erbauung und niemandes Ungemach.
Hier war er: nicht unerwartet, doch nicht gewöhnlich
Und gebaut aus Speisen, ausgekürt
In Muße, zur Kurzweil
Und nach gutem Plan, vortrefflich ausgeführt.

Man achte auf das Wortspiel in der dritten Zeile. Der englische Schauspieler Charles Laughton besaß einen mächtigen Bauch. Das wissen einige Kinogänger noch aus seiner legendären Verkörperung König Heinrichs VIII. Die meisten aber wissen es seit seiner Rolle als Strafverteidiger im Film »Zeugin der Anklage« mit Marlene Dietrich.

Brecht lernte Laughton 1944 in Kalifornien kennen. Die beiden kamen einander näher. Sie arbeiteten zusammen an der Übersetzung des »Galilei«, und Laughton spielte die Titelrolle bei der Uraufführung des Stücks in Beverly Hills. Das war 1947. Im Publikum saßen Charles Chaplin und Ingrid Bergmann, Anthony Quinn, Gene Kelly und Frank Lloyd Wright.

Laughton besaß einen großen Garten am Rand einer Felswand über dem Pazifik. Er pflegte ihn mit Leidenschaft und täglicher Sorge. Gelegentlich stürzte ein Stück der Anlage ab. Dann flüchtete sich Laughton zu Brecht, um bei ihm zu trauern. Der Dichter schrieb ein langes Gedicht über diesen Garten, »Garden in progress«. Am Schluß erwähnt er die Erdrutsche und schließt mit dem Satz: »Anscheinend / Bleibt nicht mehr viel Zeit, ihn zu vollenden.«

Garden in progress spielt an auf *work in progress.* So wollte Brecht das Kunstwerk verstanden wissen: immerzu in Veränderung. Laughtons Garten wird durch diesen Titel symbolisch für alle Kunst. Der ironische Schluß, der die Vollendung mit dem Untergang zusammen sieht, bezieht Position gegen die Vorstellung vom Ewigkeitscharakter der großen Werke. *Aere perennius,* dauerhafter als Erz, hatte Horaz seine Dichtungen genannt. Da hatte Brecht etwas dagegen. Wirklich?

Man achte auf das Wortspiel in der dritten Zeile. Während sich die meisten Bauchträger ihrer Leiblichkeit schämen und sie zu verstecken suchen, als hätten sie sie gestohlen, macht Laughton es anders. Er trägt seinen Bauch »vor wie ein Gedicht«. Das Wortspiel operiert mit dem Doppelsinn von »vortragen«: rezitieren oder vor sich her tragen. Laughton war ein großer Rezitator. Er las Shakespeare-Stücke in kleinem Kreis vor. So einmal in Anwesenheit Brechts den »Sturm«. Brecht notierte sich zu Hause: »Er hockt vor einer herrlichen Standuhr in bayerischem Barock, auf einem weißen Sofa, mit gekreuzten Beinen, so daß nur sein buddhaähnlicher Bauch sichtbar ist, und liest …« Shakespeare und Buddha und der bayerische Barock: viele Mythen des Bertolt Brecht schießen da zusammen und werden gegenwärtig in dem eminenten Bauch. Kurz nach diesem Abend entstand das Gedicht.

Indem der große Rezitator seinen Bauch »vorträgt«, wie er auch Shakespeare vorträgt, wird der Körper zu einem Kunstwerk. Laughtons Garten und Laughtons Bauch, beide verwandeln sich in Brechts Gedichten zu Sinnbildern der Kunst. Deshalb kann vom Bauch gesagt werden, was auch von einem guten Stück gilt: Er sei »nach gutem Plan, vortrefflich ausgeführt«. Dieser Plan ist die kühnste Behauptung des Gedichts. Nicht nur habe Laughton seine Speisen sorgsam ausgewählt, heißt das, sondern er habe dabei auch stets an die wachsende Wölbung seines Leibes gedacht und sie von Mahl zu Mahl in eine bessere Form gebracht.

Aber doch alles nur sich selbst zulieb und aus Freude am Genuß – »in Muße, zur Kurzweil, zu seiner Erbauung«. Soll das denn nun auch für das Kunstwerk gelten? Wird da die Metapher nicht frivol? Im Gegenteil. Brechts sublimste Utopie zeichnet sich hier ab. Wenn eines Tages jede Arbeit Genuß ist und jeder Genuß produktive Arbeit, dann rückt das Ziel der Geschichte, die »große Produktion«, in Sichtweite. Etwas davon nimmt Charles Laughton vorweg in der Erschaffung seines Bauches.

Aus der vergänglichsten aller Künste, der Kochkunst, hat Laughton sein abgerundetes Kunstwerk geschaffen. Der Bauch wird zum Denkmal zahlloser vollkommener Mahlzeiten. Doch auch dieses Monument ist vergänglich. Es hält nur wenige Jahrzehnte vor. Und da tritt nun Bertolt Brecht ein und erbaut mit seinen Versen diesem vergänglichen Monument seinerseits ein dauerhaftes Denkmal. Wenn nicht *aere perennius,* so doch gewiß *ventre perennius,* dauerhafter als jeder Bauch. Erscheint nicht sogar Laughtons Silhouette in der typographischen Umrißlinie des Gedichts?

Paul Celan

Todesfuge

Schwarze Milch der Frühe wir trinken sie abends
wir trinken sie mittags und morgens wir trinken sie nachts
wir trinken und trinken
wir schaufeln ein Grab in den Lüften da liegt man nicht eng
Ein Mann wohnt im Haus der spielt mit den Schlangen der schreibt
der schreibt wenn es dunkelt nach Deutschland dein goldenes Haar
Margarete
er schreibt es und tritt vor das Haus und es blitzen die Sterne er pfeift
seine Rüden herbei
er pfeift seine Juden hervor läßt schaufeln ein Grab in der Erde
er befiehlt uns spielt auf nun zum Tanz

Schwarze Milch der Frühe wir trinken dich nachts
wir trinken dich morgens und mittags wir trinken dich abends
wir trinken und trinken
Ein Mann wohnt im Haus der spielt mit den Schlangen der schreibt
der schreibt wenn es dunkelt nach Deutschland dein goldenes Haar
Margarete
Dein aschenes Haar Sulamith wir schaufeln ein Grab in den Lüften
da liegt man nicht eng

Er ruft stecht tiefer ins Erdreich ihr einen ihr andern singet und spielt
er greift nach dem Eisen im Gurt er schwingts seine Augen sind blau
stecht tiefer die Spaten ihr einen ihr andern spielt weiter zum
Tanz auf

Schwarze Milch der Frühe wir trinken dich nachts
wir trinken dich mittags und morgens wir trinken dich abends
wir trinken und trinken

ein Mann wohnt im Haus dein goldenes Haar Margarete
dein aschenes Haar Sulamith er spielt mit den Schlangen

Er ruft spielt süßer den Tod der Tod ist ein Meister aus Deutschland
er ruft streicht dunkler die Geigen dann steigt ihr als Rauch in die Luft
dann habt ihr ein Grab in den Wolken da liegt man nicht eng

Schwarze Milch der Frühe wir trinken dich nachts
wir trinken dich mittags der Tod ist ein Meister aus Deutschland
wir trinken dich abends und morgens wir trinken und trinken
der Tod ist ein Meister aus Deutschland sein Auge ist blau
er trifft dich mit bleierner Kugel er trifft dich genau
ein Mann wohnt im Haus dein goldenes Haar Margarete
er hetzt seine Rüden auf uns er schenkt uns ein Grab in der Luft
er spielt mit den Schlangen und träumet der Tod ist ein Meister
aus Deutschland
dein goldenes Haar Margarete
dein aschenes Haar Sulamith

Wie ist das Gold so gar verdunkelt

Ein einziger Reim! Er steckt im Gedicht wie die Kugel im Erschossenen. Er ist die Kugel, von der er redet, ist so banal, wie das winzige Blei-Ding, aber auch so präzis gefertigt. Er tut den Dienst perfekt. Das reimt sich, wie es tötet, tötet zum tausendsten Mal, wie es sich schon tausendfach gereimt hat: trivial, glatt, genau. Das Reimwort redet zugleich vom Reimakt, den es vollzieht. »Sein Auge ist blau / er trifft dich genau.« Die poetische Routine korrespondiert grausig der Routine des Ermordens.

Dieser einzige Reim in dem langen Gedicht! Er gehört zu den Rätseln des Textes, neben der »schwarzen Milch« und dem »Meister aus Deutschland«. Was ihn zu erklären vermöchte, müßte auch alles andere deutlicher machen. Ob er jenen »deutschen Reim« darstellt, von dem in einem anderen Gedicht aus den gleichen Jahren die Rede ist? Denkbar wäre es, denn das »blaue Auge« steht für das Deutsche wie das »aschene Haar« für die Juden. Dann wird hier also gleichzeitig ein Urteil gesprochen über das deutsche Gedicht? Dann fällt hier ein schreckliches Wort über alles, was sich vernehmen läßt als deutsches Wort?

Gerade jene anderen Verse, in denen vom »deutschen Reim« die Rede ist (»Nähe der Gräber«), zeigen, daß es so einfach nicht geht. Es sind Verse an die ermordete Mutter. Sie reden still und klagend mit der am fernen Bug begrabenen Frau und schließen:

> Und duldest du, Mutter, wie einst, ach, daheim,
> den leisen, den deutschen, den schmerzlichen Reim?

Celans Mutter hat die deutschen Dichter heftig geliebt, hat diese Liebe an den Sohn weitergegeben, und die beiden haben schon früh spielerisch gewetteifert im Zitieren schöner Stellen. Erträgst du das jetzt noch, fragen die Verse, jetzt, als Erschossene, eine von so vielen? Aber in der Art des Fragens liegt bereits die Antwort: Der leise, schmerzliche, deutsche Reim, der sich hier selbst wieder reimt mit einem traurigen »daheim«, ist als Klang und Verlautung gerade nicht Teil des Schrecklichen und Bösen, sondern der Ort letzter Zuflucht. In einer geisterhaften Weise wird er zum Medium der Verbindung mit der Toten, und fast könnte man die Frage als Bitte lesen: Dulde ihn doch bei deinem Sohn, Mutter!

Von da ergibt sich ein Zugang zum fundamentalen Paradox des Gedichts: daß es eine verzehrende, eine wahnsinnige Sprachmagie entfaltet, um über das äußerste Verbrechen zu reden. Die betörendsten Klänge deutscher Poesie gleiten hier ineinander, das irre Singen der Loreley, die süchtige Morbidität von Rilkes Cornet, die zwielichtige Grandeur Georges, aber alles anverwandelt einem endlosen Lied, als spielte ein verrückter Geiger immerzu voran, immerzu die gleichen paar Tonfolgen nacheinander und durcheinander, ein Geiger wie vom frühen Chagall: Ahasver als irrender Musikant.

Daß das Gedicht zuerst »Todestango« hieß, versteht sich so ohne weiteres. Es hätte auch »Bolero« heißen können. So genau sich die Strukturen einer Fuge mögen nachweisen lassen, der Bolero-Effekt ist deutlicher – wie ja auch auf den alten Totentänzen, an die das Wort »Todestango« anklingt, der Tod offensichtlich keine Choräle spielt, sondern aufreizend schmierende Geigenstücke.

Das Wort »Meister« verweist auf alles, was je große Kunst war in Deutschland und süß und traumgeboren. Und im gleichen Zug verweist es auf den Genozid, das magistrale Morden. Beides fährt ineinander, untrennbar: »spielt süßer den Tod ... streicht dunkler die Geigen«. Dennoch fällt das Gedicht kein Urteil über jene Schönheit. Es tut, was schwerer ist, es hält die Paradoxie aus – man kann das Wahnsinn nennen oder Poesie. Im schroffen Paradox der ersten zwei Worte entdeckt sich die Beschaffenheit des Ganzen. Die Mutter und die deutsche Sprache und der »deutsche Reim« sind eins – Nahrung der Frühe. Das ist nun ganz tot und doch ganz lebendig: tot wie die erschossene Frau, wie der schreckliche einzige Reim, lebendig wie die Liebe des Sohnes, wie sein versiegeltes Dichten – schwarze Milch.

Alexander Xaver Gwerder

Ich geh unter lauter Schatten

Was ist denn das für eine Zeit –?
Die Wälder sind voll von Traumgetier.
Wenn ich nur wüßte, wer immer so schreit.
Weiß nicht einmal, ob es regnet oder schneit,
ob du erfrierst auf dem Weg zu mir –

Die Wälder sind voll von Traumgetier.
Ich geh unter lauter Schatten –
Es sind Netze gespannt von dir zu mir,
und was sich drin fängt, ist nicht von hier,
ist, was wir längst vergessen hatten.

Wenn ich nur wüßte, wer immer so schreit –
Ich sucht ihm ein wenig zu geben
von jenem stillen Trunk zu zweit;
voll Taumel und voll von Seligkeit
würd ich den Becher ihm heben –

Weiß nicht einmal, ob es schneit oder regnet …
Sah die Sterne nicht mehr, seit ich dich verließ;
kenn den Weg nicht mehr, den du mir gesegnet,
und zweifle sogar, ob du mir begegnet –
Wer war denn das, der mich gehen hieß?

Aber, du findest doch her zu mir –?
Sieh, es wird Zeit, daß ich ende.
Die Wälder sind voll von Traumgetier,
und ich darunter bin nicht von hier …
Ich gäb alles, wenn ich dich fände!

Nah am tödlichen Rand

Ein Jahr nach seinem Tod kam Ingeborg Bachmanns erster Gedichtband heraus. Der Tod war freiwillig. Der ihn sich zufügte, 1952, stand in seinem dreißigsten Jahr. Wenn man seine Gedichte heute liest, kommt es einem vor, als kündigten sie die Strophen der Österreicherin an: Verwandt ist die Bildlichkeit, verwandt die Freiheit im Setzen der Metaphern, verwandt die langsam wachsende Verzweiflung. »Zieh Wälder groß«, heißt es bei Ingeborg Bachmann, »daß mein Mund ganz im Schatten liegt.« Die Wälder sind bei ihr der Ort außerhalb, an dem für kurze Zeit, für jene »gestundete Zeit«, von der ihr erster Gedichtband spricht, das urtümlich tönende Reden möglich ist.

Ähnlich erscheinen die Wälder bei Alexander Xaver Gwerder. Auch bei ihm sind sie ganz zeichenhaft. Teil einer inneren Landschaft. Nur liegen sie näher am tödlichen Rand. Solche letzte Laute, solche blinkende Gespinste der Einsamkeit, in die niemand mehr eindringt, aus denen nur noch die paar Töne kommen, finden sich bei Ingeborg Bachmann erst in der Zeit des »Todesarten«-Projekts. Dort könnte auch der Satz stehen, der dieses Gedicht hier so unheimlich macht: »Wenn ich nur wüßte, wer immer so schreit.«

Die Zeile eröffnet den Zugang zum Ganzen. Kein anderer schreit, als der das Schreien hört und sich fragt, woher es stamme. Das erinnert an die Geschichte vom wahnsinnigen Bauernburschen im »Werther«, der nie so ruhig und gelassen bei sich selber war wie zur Zeit, als er – für die andern – tobsüchtig im Asyl lag. Oder es erinnert an das Verhältnis von Ich und Malina in Ingeborg Bachmanns Roman, die auch zusammen nur eine Person sind, zusammen eine Person wären, wenn sie nicht immer weiter auseinanderglitten.

In dem Gedicht, einem der letzten des Autors, überlagern sich seelische und mythische Unterwelt. Vergils schwarze, von den Schatten bewohnte Wälder am Acheron und das Unbewußte im Sinn der modernen Psychologie, wo sich fängt, »was wir längst vergessen hatten«, stiften gleicherweise die Bildlichkeit der Verse. Nur entwächst diese rasch der Eindeutigkeit jener Vorstellungen und damit aller logisch schlüssigen Deutung. Das zeigt sich, wenn man die Liebesklage verfolgt, die durch das Ganze geht. Wer sucht hier wen? Hat wen verloren? Ist auf welchem Weg? Es ist nicht auszumachen. Alles bewegt sich und bleibt am Ort. Man geht und regt sich nicht vom Fleck. Das ist die Natur der Unterwelt. Oder: die Natur der Welt in den Augen der Verzweiflung. Deshalb die Wiederholungen. Sie zeigen, daß nichts sich verändert. Sie machen das Gedicht leicht, zu einem Rondo fast, und gefährlich suggestiv.

Gwerder lebte in Zürich. Nach seinem Tod wurde er für eine ganze Generation von Schweizer Autoren zur Symbolfigur. Das schönste Denkmal setzte ihm Karl Krolow mit den »Elegien auf den Tod eines jungen Dichters«.

Ingeborg Bachmann

An die Sonne

Schöner als der beachtliche Mond und sein geadeltes Licht,
Schöner als die Sterne, die berühmten Orden der Nacht,
Viel schöner als der feurige Auftritt eines Kometen
Und zu weit Schönrem berufen als jedes andre Gestirn,
Weil dein und mein Leben jeden Tag an ihr hängt, ist die Sonne.

Schöne Sonne, die aufgeht, ihr Werk nicht vergessen hat
Und beendet, am schönsten im Sommer, wenn ein Tag
An den Küsten verdampft und ohne Kraft gespiegelt die Segel
Über dein Aug ziehn, bis du müde wirst und das letzte verkürzt.

Ohne die Sonne nimmt auch die Kunst wieder den Schleier,
Du erscheinst mir nicht mehr, und die See und der Sand,
Von Schatten gepeitscht, fliehen unter mein Lid.

Schönes Licht, das uns warm hält, bewahrt und wunderbar sorgt,
Daß ich wieder sehe und daß ich dich wiederseh!

Nichts Schönres unter der Sonne als unter der Sonne zu sein …

Nichts Schönres als den Stab im Wasser zu sehn und den Vogel oben,
Der seinen Flug überlegt, und unten die Fische im Schwarm,

Gefärbt, geformt, in die Welt gekommen mit einer Sendung von Licht,
Und den Umkreis zu sehn, das Geviert eines Felds, das Tausendeck meines Lands
Und das Kleid, das du angetan hast. Und dein Kleid, glockig und blau!

Schönes Blau, in dem die Pfauen spazieren und sich verneigen,
Blau der Fernen, der Zonen des Glücks mit den Wettern für mein Gefühl,
Blauer Zufall am Horizont! Und meine begeisterten Augen
Weiten sich wieder und blinken und brennen sich wund.

Schöne Sonne, der vom Staub noch die größte Bewundrung gebührt,
Drum werde ich nicht wegen dem Mond und den Sternen und nicht,
Weil die Nacht mit Kometen prahlt und in mir einen Narren sucht,
Sondern deinetwegen und bald endlos und wie um nichts sonst
Klage führen über den unabwendbaren Verlust meiner Augen.

Die unersättlichen Augen

Ist das Gedicht nicht zu schön? Die fließende Pracht dieser langen Verse, feiert sie nicht die Welt, als wäre sie grenzenlos herrlich? Als wäre nichts Böses in ihr, nichts Häßliches und Widerwärtiges? Darf man denn das, lobsingen ohne Vorbehalt, wie einst die Erzengel am Anfang des »Faust«? Und tritt denn nicht sogar dort, kaum haben die drei sonnenverzückten Geister ausgesungen, der Teufel auf, höflich und heimtückisch, den Pferdefuß im eleganten Stiefelchen?

Das Gedicht ist schön, weil es den Mut hat, von der Schönheit zu reden. Was es verkörpert in der grandiosen Parade seiner Bilder, im Fall und Widerhall der Klänge, davon handelt es auch. Ohne Schönheit, meint es, kann niemand leben, so wie niemand leben kann ohne Liebe. Diese elementare Wirklichkeit ist der Gegenstand des Gedichts. Inszeniert wird sie als die dramatische Begegnung des Auges mit der Sonne.

Man achte auf die Verszahl der Strophen: 5 4 3 2 1 2 3 4 5. Das ist eine spiegelbildliche Fügung, und die Achse des Ganzen, der einzelne Vers in der Mitte, ist seinerseits noch einmal spiegelbildlich gebaut: »... unter der Sonne als unter der Sonne ...« So steht jede Strophe einer Partnerstrophe gegenüber, mit Echowörtern und Echobildern, so steht im Ganzen des Gedichts das Wort »Auge« dem Wort »Sonne« gegenüber.

Soll man jetzt Goethe zitieren: »Wär' nicht das Auge sonnenhaft, / Die Sonne könnt' es nie erblicken«? Das Wissen um diese Zeilen haust so gewiß in den Strophen Ingeborg Bachmanns wie die Erinnerung an die »glücklichen Augen« des Türmers im zweiten »Faust« und an Gottfried Kellers »Trinkt, o Augen, was die Wimper hält!«. Alle Hymnen, die je an die Sonne gerichtet wurden, sind hier zu einem letzten Hochgesang vereinigt. Deshalb spielt das Gedicht auch so gezielt mit altertümlichen Klängen, mit barocken Reflexen schon im Auftakt.

Das wichtigste Zitat aber ist Hölderlin. Die Anrede: »Schöne Sonne«, großartig und einfach, steht in einem der Diotima-Gedichte. Und erst wenn man sich erinnert, wie dort die Geliebte und das Licht zusammengehören, wie der Dichter die schöne Sonne wahrhaftig der schönen Frau verdankt – »Diotima! Liebe! wie sah von dir / Zum goldnen Tage dieses Auge« –, merkt man, daß sich auch bei Ingeborg Bachmann im Sonnengedicht ein Liebesgedicht versteckt. Das Du bleibt allerdings namenlos. Und in raffinierter Weise lassen die Verse immer wieder offen, ob der Anruf an die Sonne oder an einen Geliebten, an eine Geliebte gerichtet sei. »Daß ich wieder sehe und daß ich dich wiederseh!«: Man kann das »dich« auf das »schöne Licht« beziehen, und doch wird der Vers erst ganz wunderbar als Beschwörung eines geliebten Menschen. Selbst das blaue Kleid ist nicht so ganz unzweideutig nur der weite Himmel, in dem die Sonne schwimmt, und die »begeisterten Augen« brennen nicht allein wegen des Gestirns in solchem Entzücken.

Nein, was in der Mitte der Hymne lebt und bebt, sind keine philosophischen Überlegungen über die Verwandtschaft von Auge und Sonne, ist nichts Platonisches oder Plotinisches, sondern die wilde Leidenschaft zum Licht und zur Liebe zugleich. Aus ihr allein begründet sich die Verzweiflung am Schluß, in den letzten zwei Zeilen, wo alles in eine große Klage umschlägt, wo aber auch das so kunstreiche, artistisch perfekt gefügte Gedicht erst zur unbedingten und unkalkulierten, zur schutzlos vollkommenen Dichtung wird – ein Schrei von unvergeßlicher Melodie.

Gottfried Benn

Restaurant

Der Herr drüben bestellt sich noch ein Bier,
das ist mir angenehm, dann brauche ich mir keinen Vorwurf zu machen
daß ich auch gelegentlich einen zische.
Man denkt immer gleich, man ist süchtig,
in einer amerikanischen Zeitschrift las ich sogar,
jede Zigarette verkürze das Leben um sechsunddreißig Minuten,
das glaube ich nicht, vermutlich steht die Coca-Cola-Industrie
oder eine Kaugummifabrik hinter dem Artikel.

Ein normales Leben, ein normaler Tod
das ist auch nichts. Auch ein normales Leben
führt zu einem kranken Tod. Überhaupt hat der Tod
mit Gesundheit und Krankheit nichts zu tun,
er bedient sich ihrer zu seinem Zwecke.

Wie meinen Sie das: der Tod hat mit Krankheit nichts zu tun?
Ich meine das so: viele erkranken, ohne zu sterben,
also liegt hier noch etwas anderes vor,
ein Fragwürdigkeitsfragment,
ein Unsicherheitsfaktor,
er ist nicht so klar umrissen,
hat auch keine Hippe,
beobachtet, sieht um die Ecke, hält sich sogar zurück
und ist musikalisch in einer anderen Melodie.

Von einer anderen Melodie

Für einmal fällt der Beruf des Autors ins Gewicht. Wenn es um Rosen geht, um Sonnenuntergänge oder Liebesnöte, ist jeder zuständig. Stammt ein Gedicht über Krankheit und Tod aber von einem Arzt, horchen wir anders hin. Hier spricht der Fachmann. Hier könnte es zu Informationen kommen, die anderswo nicht zu haben sind. Plötzlich können wir den historischen Autor nicht mehr zum lyrischen Ich sublimieren. Er sitzt uns gegenüber, und das Stethoskop baumelt ihm um den Hals.

Auch wenn das Gedicht nicht im Sprechzimmer spielt, sondern in einer Berliner Kneipe, und der einsame Trinker gewiß ohne seine medizinischen Instrumente ausgegangen ist, sehen und hören wir den Arzt. Das macht den Text so ungewöhnlich. Und was gesagt wird, steht erst recht quer zu jeder Erwartung. Ärzte sind Naturwissenschaftler, Ärzte sehen täglich die Krankheit, täglich den Tod, für Ärzte ist alles Natur, und irgendwann führt eine Krankheit eben zum Tod – so, denken wir, muß hier argumentiert werden. Das Gegenteil ist der Fall. Dr. Benn, hinter seinem Bier monologisierend, trennt den Tod vom Zerfallsprozeß. Wider alle wissenschaftliche Konvention erklärt er ihn zu etwas ganz anderem, das, wörtlich, »mit Gesundheit und Krankheit nichts zu tun« hat. Das ist ein Donnersatz. Man hat sich sofort um ihn gedrückt. Niemand scheint ihn zu kennen, niemand zitiert ihn.

Liegt es an der unfeierlichen Diktion? Diese ist in Wahrheit eine glänzende Errungenschaft Benns. Das scheinbar formlos Hingesagte ist raffinierte Setzung. Nicht um Parodie des streng Gefügten geht es dabei, nicht um die Zerstörung des hohen Tons, den er ja weiterhin pflegt, sondern um einen Gegengesang gleichen Anspruchs. »Salopp, mit der Slang-Masche, die ich so liebe«, nennt er diese Intonation einmal. Sie erweckt den Eindruck einer spöttischen Freiheit, redet in breiten Sätzen daher, ohne Rücksicht auf Ökonomie. Genau das aber ermöglicht so hinreißende Momente wie die Zwischenfrage: »Wie meinen Sie das: der Tod hat mit

Krankheit nichts zu tun?« Die Überraschung der These wird hier verdoppelt in einem formalen Coup, den man so noch nie erlebt hat: Plötzlich redet dem Dichter einer drein. Das ist komisch, ein Illusionsbruch, aber es spitzt auch die Denkarbeit dramatisch zu.

Jetzt geht es um die älteste aller Fragen, den bittersten Stachel in der Menschenseele. Der Tod, so dieser Arzt, kann nicht von der Krankheit her verstanden werden. Daß er bloß eines ihrer Symptome sei wie das Fieber oder der Schüttelfrost, damit mag sich ein naiver Naturalismus zufriedengeben. Dieser merkt nicht, daß allein schon das Nachdenken über den Tod etwas fundamental anderes ist als das Nachdenken über Masern und Cholera – ob es nun im alten Athen geschieht, eine Stunde vor dem Sterben des Sokrates, oder 1950 in einer verrauchten Berliner Kneipe. Das Nachdenken über den Tod hat die Wissenschaften erst geboren, also können die Wissenschaften ihm nie überlegen sein. Wenn die Krankheit mein Gehör zerstört, zerstört sie, was ich immer schon als zerstörbar erfahren habe. Kann der Tod aber zerstören, was ich tief innen als unzerstörbar erlebe? Hier steckt das »Fragwürdigkeitsfragment«, von dem das Gedicht spricht. Es besagt, daß die Sache der Frage würdig ist, sogar wohl, daß diese Frage zur Würde des Menschen gehört. Wo der Tod nur noch natürlich ist, ist es bald auch das Töten. Der »Unsicherheitsfaktor«, als Parallelbegriff gesetzt, bringt zwar auch keine Lösung, ist aber immerhin ein Faktum. Wissenschaftlich kann man schwer über ihn reden, poetisch schon. Die letzten vier Verse tun es. Sie beseitigen das alte Bild vom Sensenmann und machen den Tod zu einem diskreten Flaneur. Ist er nicht eben draußen vorbeigegangen? Die Vorstellung reicht nicht aus. Sie fordert mehr: den letzten Vers. Er sagt das Äußerste, was gesagt werden kann. Das Unvergängliche ist als Musik zu denken. Wer widerspricht?

Hans Magnus Enzensberger

Ins Lesebuch für die Oberstufe

Lies keine Oden, mein Sohn, lies die Fahrpläne:
sie sind genauer. Roll die Seekarten auf,
eh es zu spät ist. Sei wachsam, sing nicht.
Der Tag kommt, wo sie wieder Listen ans Tor
schlagen und malen den Neinsagern auf die Brust
Zinken. Lern unerkannt gehn, lern mehr als ich:
das Viertel wechseln, den Paß, das Gesicht.
Versteh dich auf den kleinen Verrat,
die tägliche schmutzige Rettung. Nützlich
sind die Enzykliken zum Feueranzünden,
die Manifeste: Butter einzuwickeln und Salz
für die Wehrlosen. Wut und Geduld sind nötig,
in die Lungen der Macht zu blasen
den feinen tödlichen Staub, gemahlen
von denen, die viel gelernt haben,
die genau sind, von dir.

Aufforderung zum Verdacht

Der Titel des Gedichts war ironisch gemeint. Er ist längst Tatsache geworden. Wer heute mit seinen Schülern in der Oberstufe Oden liest, riskiert die Frühpensionierung. Die Fahrpläne haben gesiegt. Nur die Züge selbst haben immer größere Verspätung. Das Lesen von Fahrplänen hat sich zu einer kreativen Tätigkeit entwickelt wie einst das Odenschreiben: Wenn der 18.33er vor 19 Uhr eintrifft, könnte ich in Mannheim noch den 19.33er erreichen, der vermutlich gegen 20.15 Uhr dort ankommt …

Enzensbergers erster Gedichtband, »verteidigung der wölfe«, erschien zehn Jahre vor dem Beginn der Studentenbewegung. Er nahm ihren Zorn vorweg, ihre Attacken auf Mief und Filz und klebrige Feierlichkeit, aber er war witziger, imaginativer und vor allem belesener als die Gedichte der Achtundsechziger. Dennoch war der Autor nicht etwa seiner Zeit voraus. Er kam genau richtig. Er besaß ein gutes Gehör und sagte, was es geschlagen hatte. Ein Luftzug fuhr durch die deutsche Literatur. Da und dort knallten Fenster. Im gleichen Jahr, 1957, erschien in England das Stück eines Gleichaltrigen, John Osbornes »Look Back in Anger«. Es gab einer Generation den Namen. Man sprach von den Angry Young Men. Exakt dies war der achtundzwanzigjährige Enzensberger in Deutschland: der zornige junge Mann als Phänotyp der Stunde.

Der hier vor den Oden warnte, war ein Odenkenner. Er liebte sie, liebte die Literatur, liebte die Dichterinnen und Dichter der weiten Welt. Aber er wollte sie nicht hinter Glas. Literatur war ihm strömende Luft, mächtiges Blasen, Passatwind über dem Planeten. Sie sollte den bösen Staub aufwirbeln, von dem das Gedicht am Schluß spricht.

Gefährlich will dieser Dichter sein Gedicht. »Sing nicht«, heißt es schon in der dritten Zeile. Das ist die alte Warnung vor der falschen Schönheit, ein Echo auf Brechts Parole: »Schlechte Zeit für Lyrik«. Dennoch singt dieses Gedicht, wie ja auch Brechts Parole den Titel zu einem tüchtigen Stück Lyrik abgegeben hat. Die Verse Enzensbergers sind zwar nicht nach dem antiken Odenmaß gebaut und nicht nach der allbeliebten Volksliedstrophe, aber sie intonieren einen berühmten hohen Klang, die Sprüche Salomonis. Sie sind durchrhythmisiert wie jene. »Sei weise, mein Sohn, so freut sich mein Herz«, heißt es dort, und: »Rühme dich nicht des morgenden Tages, denn du weißt nicht, was heute sich begeben mag«. – »Iß Honig, mein Sohn, denn er ist gut. Also lerne die Weisheit für deine Seele …«

Während jedoch Salomo den Sohn vor allem vor der Gottlosigkeit warnt und vor den schönen Frauen, ist der Vater in diesem Gedicht handfest politisch. Zwölf Jahre nur sind seit dem Ende der Naziherrschaft vergangen. Das leidenschaftliche »Nie wieder!« ist zur Phrase verkommen. Man kann im Zusammenhang mit Intellektuellen wieder von Nestbeschmutzern sprechen. Kultur soll zeitlos sein und die ewigen Werte vermitteln und keinesfalls stören.

Unter den Schriftstellern wächst der Verdacht. Koeppen warnt vor dem »Treibhaus«, Günter Eich vor der Wiederkehr alten Unheils: »Betrachtet die Fingerspitzen … Eines Tages kommt sie wieder, die ausgerottete Pest.« Ingeborg Bachmann spricht von einer Schonfrist: »Es kommen härtere Tage. / Die auf Widerruf gestundete Zeit / wird sichtbar am Horizont. / Bald mußt du den Schuh schnüren …« Man will keine Programme. Man will auch kein anderes System. Man traut nur den Mächtigen nicht und traut ihnen alles zu.

Das Gedicht, das sich gegen die Manifeste richtet, ist selber eines. Es bestimmt die Haltung der Intellektuellen gegenüber der politischen und wirtschaftlichen Macht und verpflichtet sie zum radikalen Mißtrauen. Wo Macht ist, ist Verfolgung möglich, immer, und immer beginnt diese mit großen Worten. Sie sind die Nebelwand, hinter der sich die Häscher schattenhaft bewegen. Der Kult, den das Gedicht mit dem Wort »genau« treibt, hat hier seinen guten Sinn. Und also auch der Witz mit den Fahrplänen, mögen sie immer über die wahren Verhältnisse auf den Bahnsteigen der Gegenwart hinwegtäuschen.

Christine Lavant

Wieder Nacht und doppelt Nacht
links und rechts von meinen Augen,
überm Scheitel, unterm Fußtritt
und ganz innendrin in mir,
dort wo andre Obdach haben,
Licht von Krippe und Gestirn
und voll Vater-Mutterwärme,
drin die Christusknospe blüht.

Wieder kalt und doppelt Kälte,
Stein und Bein in allen Adern,
jede eine Eismeerstraße,
wo die Traumtier-Rudel flüchten
und mit ihren Hungerhufen
scharren nach der Elendsflechte,
und mein Herz ein Lappen-Iglu,
drin ein Wolf das Söhnlein frißt.

Die Krippe am Eismeer

Ein Weihnachtsgedicht der finstersten Art. Aber ein Weihnachtsgedicht dennoch. Die erste Zeile spielt kaum merklich auf den Anfang des bekanntesten aller Weihnachtslieder an. Das Wort »Nacht« wird wiederholt wie in »Stille Nacht, heilige Nacht«, und das erste Wort »wieder« schafft mit den Vokalen i und e eine Assonanz zum ersten Wort des sentimentalen Evergreens. Die Auftaktverse beider Texte enthalten je eine ähnliche Steigerung. Das Lied führt von der »stillen Nacht«, die jederzeit möglich ist, zu der einen und einmaligen »heiligen Nacht«. Das Gedicht verweigert die Verwandlung ins Wunderbare und treibt die Nacht in eine noch tiefere Finsternis. Dunkel, wohin das Auge sich richtet. In der Höhe, wo sonst über den Hirten der Stern hängt und der Engel leuchtet; am Boden, wo sich in diesem Licht der Weg zur Krippe zeigen sollte. Nichts ist zu sehen, als befände man sich in der schwarzen Leere.

Schrecklich ist die bruchlose Fortsetzung dieser Nacht in das Innere hinein. Das Gedicht kann dies nur aussprechen, indem es das Gegenteil beschwört. »Andre«, sagt es, besitzen das Licht in ihrer Seele. Dadurch sind sie auch in der Welt geborgen, mag diese noch so dunkel und kalt sein. Diese Aussage ist entscheidend für das Ganze. Denn mit ihr wird die Möglichkeit einer transzendenten Erfahrung anerkannt. Die zwei Strophen sind also nicht die Verlautung einer Ungläubigen, die das Göttliche negiert und die Erlösungslegende für Schall und Rauch hält. Diese Frau glaubt. Das zeigt die Metapher von der »Christusknospe«, welche die herkömmliche Krippen-Ikonographie mit einem neuen und eigenen Bild aufbricht. Das wäre nicht möglich, wenn es nur um die Beseitigung der Installation von Stall und Stern und Kind und Mutter ginge.

Tatsächlich könnte das Gedicht niemals so finster werden, wenn die Autorin damit einfach ihren Kinderglauben abschüttelte. Denn wo das Jenseits verschwindet, leuchtet das Diesseits auf, und es funkelt der Kosmos und glänzt die Natur. Wir kennen das aus vielen herrlichen Strophen der deutschen Literatur. Die Erfahrung, von der das Lavant-Gedicht spricht, ist aber eine andere, eine, die aus der neueren Literatur fast ganz verschwunden ist: die Gottverlassenheit. Die alten Mystiker haben sie gekannt; wir finden sie noch bei der Droste und gelegentlich bei Brentano. Oft taucht dafür das Bild der Wüste auf. Brentano: »Ich bin durch die Wüste gezogen, / Des Sandes glühende Wogen, / Verbrannten mir den Fuß …«

Bei Christine Lavant liegt die Wüste der Gottverlassenheit am Polarkreis. Sie reflektiert die Szenerie von Bethlehem wie in einem schwarzen Spiegel. Auch hier gibt es Herden, gibt es so etwas wie eine Höhle oder einen Stall und ein kleines Kind darin, »das Söhnlein«. Aber die Herden der Rentiere treiben ziellos über die Einöde und scharren hungrig nach Flechten. Das Kind liegt in einem Iglu. Ein Wolf kommt und frißt es auf. Das ist die Verkehrung der Bilderrede von den Tieren bei der Krippe. Ochs und Esel halten sich ja rätselhaft hartnäckig in der Weihnachtsüberlieferung, obwohl sie im Neuen Testament gar nicht vorkommen. Allerdings gibt es den Mythos vom Gottes- oder Heldenkind, das von Tieren genährt wird, auch anderswo. Er scheint in der kollektiven Seele eingelagert. Der kleine Zeus überlebt dank einer gütigen Ziege; Romulus und Remus saugen an der Wölfin.

Die zweite Strophe des Gedichts stellt die Polarlandschaft nicht nur mit dem Innern des redenden Ichs gleich, sondern auch mit seiner körperlichen Existenz – »Stein und Bein in allen Adern«. Wie die Depression als seelisches Leiden auch den Körper erfaßt und zeichnet, ist diese Gottverlassene krank an Seele und Leib. Das verweist auf die Lebensumstände von Christine Lavant. Es beeinträchtigt aber die religiöse Dimension des Gedichts nicht.

Nach der christlichen Tradition vollendet sich das Weihnachtsgeschehen erst mit der Gottesgeburt im einzelnen Menschen. Angelus Silesius hat es ausgesprochen: »Wird Christus tausendmal zu Bethlehem geborn / Und nicht in dir; du bleibst noch ewiglich verlorn.« Die österreichische Dichterin sagt nichts anderes. Nur das Vertrauen des alten Schlesiers ist ihr abhanden gekommen.

Friedrich Dürrenmatt

Siriusbegleiter

Von den Dingen, die ich sah
bist du mir besonders nah

Fühle aller Welten Schluß
Was da kommen wird und muß

Ein vollkommner Diamant
Hast du Raum und Zeit verbrannt

Deiner ungeheuren Schwere
Bleibt allein der Weg ins Leere

Dein dir anvertrautes Leben
hast du wieder weggegeben

Erdenkleiner Sternengreis
Heiß wie Feuer, weiß wie Eis

Deine Härte ist der Tod
Unsrer Herzen, der uns droht

Vom Sonnenschicksal

Friedrich Dürrenmatt war dem Kosmos verfallen wie Rilke den Rosen und Thomas Mann den Wagner-Klängen. Ein Sog ging vom Weltraum aus und zwang ihn immer wieder hinter das Teleskop. Und wenn er über den Neuenburger See hinweg zum Hochgebirge blickte, sah er in den weißen Zacken nicht die riesige Natur, sondern nur eine zarte Kulisse vor der maßlosen Wirklichkeit der fahrenden Sonnen und schleudernden Galaxien. Seit Jean Paul hat es keinen deutschen Dichter gegeben, der so auf die Tatsächlichkeit des Weltalls bezogen war und es immerzu mit Augen sehen wollte und den Abgrund aushielt. Jean Paul versuchte verzweifelt, das astronomische Wissen seiner Zeit mit dem Schöpfergott zusammenzudenken, und im Scheitern gewann er das siderische Licht seiner Prosa. Dürrenmatt bezichtigte den Kosmos mit wütendem Hohn seiner Leere, und doch liebte er ihn am meisten um dieser Leere willen – als wäre sie die hohle Fußspur des alten Gottes.

Wie wenig ihm der Kosmos bloße Idee, wie durchaus konkret er ihm war, zeigt dieses Gedicht. Es versucht, das Allergewaltigste mit der Schlichtheit von Kinderversen aufzufangen. Worum es geht, ist das Schicksal der Sonne, auch der unsern. Dürrenmatt hat dieses Schicksal immer wieder zur Sprache gebracht, am ausführlichsten im »Winterkrieg in Tibet«. Da denkt einer tief im Innern des Himalaja »über die Sterne nach« und schreibt an die Höhlenwand, wie die Sonnen entstehen und wieder enden.

Aus Gas und Nebeln kondensiert sich eine »Ursonne«. Sie wird rot und riesig. Dann stabilisiert sie sich zu einem »Gelben Zwerg«. Um ihn können Planeten kreisen: Es ist das Stadium unserer Sonne. Eines Tages bläht sich der Gelbe Zwerg wieder auf, explodiert und erfreut als Supernova die Astronomen, falls es irgendwo im Weltall solche gibt. Die Planeten brennen aus, und nach ungeheurem Lichtverschleudern endet die Nova als »Weißer Zwerg«: erdenklein, aber von extremer Dichte, diamanthart.

Der »Siriusbegleiter«, von dem das Gedicht handelt, ist einer der bekanntesten Weißen Zwerge am Winterhimmel. Dürrenmatt muß ihn oft ausgespäht und meditierend betrachtet haben. Als winziger Punkt schwebte hier vor ihm der fünfte Akt eines kosmischen Trauerspiels – die »schlimmstmögliche Wendung« im Sonnenschicksal.

Das Gedicht ist bewegt von unverstelltem Gefühl. Wieso diese herzliche Zuneigung gegenüber dem »Sternengreis«? Wird dieser denn nicht in seiner Härte zuletzt zum Gleichnis menschlicher Verödung, zur Metapher dafür, daß uns die Liebe verlorengehen kann wie der Sonne das »anvertraute« Planetenleben? Soll man das schlechthin Lieblose noch lieben?

Das ist genau der Punkt. Dürrenmatt denkt nicht moralisch, sondern als Dramatiker. Das Furchtbare geschieht der Sonne. Sie erleidet die Zerstörung, die sie anrichtet. Das aber ist eine Formel für das Tragische. Alle hurtigen Weltdeutungen, die mit der Scheidung von Gut und Böse arbeiten, heben sich darin auf. Der gleichzeitig naive und erschreckende Reim: »Schluß« – »muß« ist dem Ganzen wie ein Siegel aufgeprägt.

So, in Abfolgen bitterer Notwendigkeiten, hat Dürrenmatt gedacht und denkerisch gespielt und Stücke erfunden. Und all das Bittere, Furchtbare, Unausweichliche, dem gegenüber er sich so gern in ein aristophanisches Gelächter flüchtete, trat ihm in diesem Sternchen aufs Mal vor Augen, rührend klein und ganz einfach. Dieser trügerischen Einfachheit entspricht die trügerische Einfachheit der Verse.

Peter Rühmkorf

Außer der Liebe nichts

Flüchtig gelagert in dieses mein Gartengeviert,
wo mir der Abend noch nicht aus dem Auge will,
schön ist's,
hier noch sagen zu können: schön,
wie sich der Himmel verzieht und die Liebe zu Kopf steigt,
all nach soviel Unsinn und Irrfahrt
an ein sesshaftes Herz zu schlagen, du spürst
einen Messerstich tief in der Brust
DIE FREUDE.

Wo nun dieser mein Witz das Land nicht verändert,
mein Mund auf der Stelle spricht,
– hebt sich die Hand und senkt sich für garnichts das Lid –
doch solang ich noch atmund-rauchund-besteh,
solang mich mein Kummer noch rührt
und mein Glück mich noch angeht,
will ich
was uns die Aura am Glimmen hält,
mit langer Zunge loben!

Unnütz in Anmut: Dich,
wo die Nacht schon ihr Tuch wirft
Über dein ungebildetes Fleisch, es kehren
alle Dinge sich ihre endliche Seite zu,
und aus ergiebigem Dunkel rinnt
finstere Fröhlichkeit ...
Ich aber nenne diesseits und jenseits der Stirn
ausser der Liebe nichts,
was mich hält und mir beikommt.

Skrupellos glücklich

Liegen sie nicht wie Schmetterlinge da, die drei Strophen, symmetrisch um die Mittelachse zentriert? Wie Schmetterlinge, die man ab und zu mit ausgelegten Flügeln auf einer Distel verweilen sieht?

Das Druckbild ist ungewöhnlich, auch wenn es bei Rühmkorf manchmal vorkommt. Es erinnert an die barocken Spiele mit dem Arrangement der Lettern, will aber nichts abbilden. Der Gedanke an Schmetterlinge ist eine Assoziation des Lesers. Diese wird allerdings nicht nur durch den axialen Zeilenfall ausgelöst. Das Gedicht spricht schön von Dingen, die schön sind, freudig von der Freude und verliebt von der Liebe. Schmetterlingsschön. Es schämt sich darüber nicht, obwohl eine verbreitete Übereinkunft solches Reden den Dichtern verbieten möchte. Die Welt, heißt es, sei so schlecht, daß sich schuldig mache, wer von Freude, Glück und Schönheit singe. Als ob die Welt nicht immer schlecht gewesen wäre, voll von Mord, Raub, Gier und Lüge. Als ob die Kunst nicht auch darin bestünde, in einer Welt voller Mord, Raub, Gier und Lüge dann und wann von Freude, Glück und Schönheit zu reden. Ohne dabei zu lügen. Mit guten Gründen. Daß sie es konnten, zuweilen wenigstens, hat immer die besten Poeten ausgezeichnet.

Peter Rühmkorf gehört zu den besten Poeten.

Er war von einer leuchtenden Frechheit. Niemand durfte sich vor seiner Zunge sicher fühlen. Deshalb brüskiert er in diesem Gedicht auch ganz unbekümmert die Propheten der lückenlosen Weltbeschimpfung. Er sagt nicht: »Alles ist gut.« Er sagt nur: »Hier in diesem Garten und jetzt an diesem Abend ist es gut, und dieses Glück lasse ich mir nicht verbieten.« Wie genau er das Gegenteil kennt, läßt er durchblicken. Die erste Strophe spielt auf Odysseus an, den Vielgebeutelten. Die zweite nennt den Kummer, den täglichen, der ihn aber nicht abgestumpft hat, sondern weiterhin rührt, also bewegt und schmerzt, der ihn, heißt das, gefühlsfähig gelassen hat und somit auch fähig zum Glück und zur Liebe.

Auch daß er allen Anlaß hätte zur Verbitterung, sagt diese zweite Strophe. Attacken hat er geritten, mit Scharfsinn und Frechheit, gegen viele Übel im Lande, aber nichts hat sich dadurch verändert. Sein Witz ist verpufft, und sein Mund spricht »auf der Stelle«, so wie einer, der nicht vorankommt, auf der Stelle tritt. Das Lid über dem scharfen Auge, und die Hand die das Lied schreibt, das in dem Lid mitklingt, sie regen sich ohne Ergebnis. Man könnte verzweifeln darüber, doch… Von diesem Doch handelt das Gedicht. Doch ich lebe trotzdem. Doch ich liege gleichwohl hier im Garten, der für diese flüchtige Stunde an den Garten des Paradieses gemahnt. Das winzige *doch* ist die Leistung des Gedichts, und wem das Wort Botschaft gefällt, mag es auch dessen Botschaft nennen.

Die dritte Strophe erst deckt den wahren Grund auf für die Schönheit des Gartens und des Himmels, für das Gefühl des Behaustseins, für die Freude, die so schwer zu benennen ist, daß sie in Majuskeln geschrieben und auf die Mittelachse gestellt werden muss. Dieser Grund ist das angesprochene Du, die Geliebte. Ihre Anmut ist für die Verbesserung der Welt zwar so nutzlos wie die Anmut des Gedichts. Doch im Wissen um die schöne Frau leuchtet alles auf, das grüne Geviert und sogar der lebendige Leib des Verliebten: Er flimmert auratisch. Aus dem Vorwissen, Vorfühlen der Liebesnacht ist das ganze Gedicht gesprochen. Später nämlich, wenn es soweit ist, wird das hochgemute Reden aussetzen. Dann verschwindet auch das Licht. An die Stelle von Licht und Wort tritt ein Dunkel, das kein Mangelzustand ist, sondern dessen Gegenteil: Erfüllung als mächtige Gegenwart. Der Versuch, sie zu beschreiben, mündet in ein Oxymoron: »finstere Fröhlichkeit«. Das meint nicht etwa eine getrübte, verminderte Fröhlichkeit, sondern eine ganz andere, die Fröhlichkeit der Nacht im Gegensatz zu der des Tages. So wie die Nacht selbst seit alters als ein anderes Licht, ein höheres Licht erfahren worden ist.

Dennoch endet das Gedicht nicht in Raunen und Sprachnot. Weil es mit wachem Kopf aus dem reflektierten Vorwissen heraus gesprochen ist, kann es zum Schluß auch deutlich sagen, worauf alles ankommt. In der

Wendung: »Ich aber nenne …« vibriert der Stolz des Sprachmächtigen, der weiß, daß er die Wirklichkeit der Welt in sein Wort zu holen vermag. Das tut er hier, wenn er sagt: »außer der Liebe nichts«, und wir spüren die Wucht der Wahrheit.

Friederike Mayröcker

an eine Mohnblume mitten in der Stadt

aus meinen Köpfen sprieszt
das Feuerwerk der Tränen, der
Flieder rostet, der Liguster
weht, die Camouflage des
Sommers läszt Gewitter ahnen –
Wolfsmilch besamt die Flur, die
Stare fallen, Mücken
flirren im Dorngebüsch, das
abgewelkte Blühen einer
Wolke von erbsengrüner Kirschenfrucht
gekrönt –
samt aufgeprägten kaiserlichen
Doppeladlern – Portraits auf roten Ziegeln – bröckelt
die Friedhofsmauer ab
gestützt nur noch von immergrünen
Efeuranken –
im Aufwind flügelschlagend
steht
raubvogelgleich mein Herz nach Beute äugend

Unverhoffte Herrlichkeit

Ich bitte, mit dem Ende beginnen zu dürfen. Die letzten drei Zeilen reden herrlich von einer hohen Stunde. Das liturgische »Sursum corda!«, der Aufruf, die Herzen gegen den Himmel zu werfen, von wo es ihnen mit Wind und Feuer entgegenbraust, wird hier befolgt. Aber es ist nicht die Tat einer frommen Seele, sondern die Erhebung geschieht einem dichterischen Geist, ihm wird der triumphale Aufschwung plötzlich und mächtig geschenkt.

Jetzt vermag das Herz alles. Es sieht alles, weiß alles, kann alles erjagen und schlagen. Es erfährt die Machtvollkommenheit der schöpferischen Zeit, den grenzenlosen Augenblick der Inspiration. »Raubvogel süß ist die Luft / So kreiste ich nie über Menschen und Bäumen«, heißt es bei Sarah Kirsch; und auch bei Ingeborg Bachmann ertönt der »Jagdruf« dieses Vogels, »der seine Schwingen steift« und tödlich auf die weißen Hühner niederfährt. Vorher war tote Zeit, und tote Zeit wird wiederkommen – was soll's? Auf das Jetzt kommt alles an.

So wie diese Stunde in der toten Zeit, so steht die unverhoffte Mohnblume mitten in der steinernen Stadt, ein flammendes Rot aus einem merkwürdigen Kapselkopf. Die Chiffre von der einsamen Blume, auf die ein Dichter stößt, ist alt. Platen redet so von einer Geißblattranke: »… in der Öde / Find ich, teure Blüte, dich so spat?«; Mörike von einer Christblume: »Im fremden Kirchhof, öd und winterlich, / Zum erstenmal, o schöne, find ich dich!«

Aber die sorgfältige allegorische Auslegung der lieblichen Erscheinung, die die Vorgänger im Vollzug ihrer Gedichte betreiben, ist Friederike Mayröckers Sache nicht. Bild und Sinnspruch, Emblem und Subscriptio werden bei ihr nicht bedachtsam getrennt. Da stürmt und bläst auch poetisch alles durcheinander im Wind der Inspiration, der jetzt – »mitten in der Stadt« – eine große Frühlingslandschaft heranträgt. Diese Landschaft ist beides zugleich: die wunderbar genaue Beschreibung, wie ein Jahr sich von der Blütezeit in die Zeit der Früchte, Samen und Gewitter wendet, und das bewegte Gleichnis poetischer Produktivität. Der Dornbusch lebt von Millionen Mücken. Es ist der gleiche, der einst in der Wüste plötzlich brannte. Der Friedhof, die Vergänglichkeit, die bröckelnden Kaiserwappen, verschollene Pracht und vergessene Tote: sie gehören in diese schwebende Fata Morgana, machen keinen Gegensatz. Aus allem »Abgewelkten« schwillt es »erbsengrün«, wie in der Krone des Kirschbaums, der mit dem scharfen Auge des alten Brockes gesehen wird.

Jetzt nehmen sich auch die Köpfe des redenden Ichs, die Köpfe in der Mehrzahl, nicht mehr nur seltsam aus. So ganz verschieden sind ja die toten von den lebendigen Zeiten, so ganz anders jedesmal erfährt sich selbst, wer sie erlebt, daß von einer einzigen Person, einem einzigen Kopf fast nicht mehr die Rede sein kann. Der Schreck der Schöpferischen angesichts ihres Werks: »Wer hat das gemacht? War ich das, wirklich ich?« hat schon in der Romantik zu Verdoppelungsphantasien geführt. Die Köpfe der Dichterin, mehrere offenbar, Köpfe und Mohnkapseln zugleich, aus denen nach dem Tränenregen das Rot schießt und in denen der Wahn kocht – anderswo heißt es: »stütz ich den Kopf, die Kapsel / schorfbedeckt, in meine Hand … die Kapsel ausgetrocknet / meiner Stirn und flammend Mohn und Wahn« –, sie sind ein drastisches Bild für das Unheimliche, das mit allem bedeutenden Dichten, mit jedem bedeutenden Gedicht, also auch mit diesem hier, verbunden ist.

Ernst Jandl

waunsas wissn woiz   sai greiz
woraus hoez   und bei an jedn hommaschlog
hods eam grissn   und gschrian hoda
wauns es ned von söwa   gwusd haum soiz

Lautgedicht und Schmerzensmann

Das Gedicht aus frei komponierten Lauten war ein Traum der frühen Avantgarden. Er entstand zur gleichen Zeit wie der Traum vom Bild aus frei komponierten Farben. Der junge Augusto Giacometti, der als einer der ersten auf diese Art malen sollte, saß 1917 in den Dada-Soireen am Zürcher Paradeplatz, ein Sympathisant der ausgehungerten Truppe um Hugo Ball, Hans Arp und Tristan Tzara und einer der wenigen Schweizer, welche die Dadaisten nicht für Spinner hielten. Von ihm sprang der Funke über auf Alberto Giacometti, den Sohn seines Cousins aus dem gleichen abgelegenen Bergdorf. Nachdem sich die Pariser Dada-Filiale um die Mitte der 1920er Jahre in den Surrealismus verwandelt hatte, wurde Alberto der wichtigste Bildhauer dieser Bewegung.

Der Traum vom Lautgedicht lebte fort, auch wenn ihm die Karriere versagt blieb, zu der das Bild aus freien Farben so triumphal aufstieg. Ein eigenständiges, vielfältig kultiviertes Genre wurde daraus nie. Trotz Schwitters und seiner »Ursonate«.

Keiner aber spürte den Stachel dieses alten Traums so heftig wie Ernst Jandl. Keiner versuchte auf so einfallsreiche Weise, ihn doch noch aufs Papier zu holen oder in die Säle zu schreien. In seiner letzten Schaffenszeit entwickelte er eine aufregend neue Variante. Er schrieb kurze Stücke im Wiener Dialekt, aber anders als etwa H. C. Artmann bediente er sich dabei einer so radikalen Lautschrift, dass etwas sehr Seltsames entstand: Texte, die für den Leser entweder nichts bedeuten, also Lautgedichte sind, oder aber aus einer unbekannten Sprache zu stammen scheinen. Erst mit der Zeit, wenn man sie vor sich hin spricht, tauchen vertraute Bedeutungen auf. Eines fängt so an:

> Soitades   wiaggli scho
> sexe   aum aummid sein

Portugiesisch, dieses erste Wort? Das zweite Schweizerdeutsch? »Sexe« kennt man ja irgendwie, aber hier, so? Und »aum aummid« ist ein schöner Doppelklang – also doch Lautgedicht? Die Wiener mögen von sich aus auf den Sinn kommen, uns andern hilft eine kleine Transkription, die Jandl in winziger Schrift am Seitenende anfügt, damit wir nicht verzweifeln vor dem Orakel. Und tatsächlich, kaum kennen wir die hochdeutsche Version, hören und verstehen wir auch den Dialekt. Ein Lautgedicht ist es also nicht, und doch haben wir mit diesem eine Erfahrung gemacht. Jandls eigene Transkription lautet: »sollte es wirklich schon / sechs am abend sein …«

Auch »waunsas wissn woiz« begegnet uns so. Dieses Gedicht arbeitet noch stärker mit Assonanzen und Gleichklängen. Die vielen w am Anfang, die Klammer ums Ganze durch woiz und soiz, dazwischen, ähnlich, greiz und hoez, Laute, die einander antworten wie auch wieder grissn, gschrian, gwusd und, als eine weitere Klammer, waunsas und wauns. Daneben die Reihe hods, hoda, haum. Solange der Text fremd bleibt, semantisch verschlossen, ist er ein großartiges Klanggefüge. So soll er auch zunächst erfahren werden, und ganz verschwinden darf diese Erfahrung selbst dann nicht, wenn die Übertragung ins Hochdeutsche den Schleier wegreißt. Sonst wäre alles ein bloßes Rätselspiel, ein sprachliches Vexierbild unter der Parole: Wer findet die Lösung?

Tatsächlich müssen wir am Ende wie bei den Kippfiguren, über die Wittgenstein nachgedacht hat, beides zu sehen vermögen: das Gedicht als beschreibenden, uns anredenden Text und als ein freies akustisches Gebilde. Der Inhalt aber, wie immer wir zu ihm gelangen, trifft wie ein Schock. So etwas hat man bei Jandl nicht erwartet. »Ottos Mops« schon und auch »lechts und rinks« und »Laut und Luise«, Lustiges also mit ein bisschen Tiefsinn, aber dann dies (in der Transkription des Autors): »wenn ihr es wissen wollt sein kreuz / war aus holz und bei jedem hammerschlag / hat es ihn gerissen und geschrien hat er / wenn ihr es nicht von selbst gewusst haben sollt.«

Die Passion Christi, von tausend Bildern zugedeckt, ein Stereotyp unter Stereotypen, verstaubt, abgelagert auf dem Dachboden der europäischen Kultur, in den Museen ein ewiges Déjà-vu – außer plötzlich in Colmar –, hier bricht sie als furchtbare Wirklichkeit durch den dadaistischen Vorhang. Das Annageln des lebendigen Leibes an das Holz tritt uns vor Augen, als hätten wir noch nie davon gehört. Die Qual. Die Schreie.

Die Floskeln aber, mit denen der Text beginnt und endet: »Wenn ihr's wissen wollt … wenn ihr's nicht von selbst gewusst haben solltet«, diese wie am Wirtshaustisch gequasselten Sätze zielen auf das, was das Gedicht in Wahrheit leistet. Es macht uns etwas längst Bekanntes zum ersten Mal bewußt.

Sarah Kirsch

Beginn der Zerstörung

Unbegehbar von Mooren umschlossen
Niemals hat ein Mensch ein vierfüßiges Tier
Diese verhexte lockende Wiese betreten
Die Rinde der schwarzen Bäume, Säulen
Des Himmels, berührt, die vielstimmigen Vögel
Auffahren sehen aus geschüttelten Blättern
Wunderschöne Vögel mit Hauben, Spechte
In sehr großer Menge, blaugefiederte Tauben
Und noch die Kühe, stumpfsinniges Vieh
Benachbarten Graslands versuchen mitunter
Den Saum zu erreichen, es heißt sie mißachten
Den eigenen Zaun und zerreißen
Sich Brust und Kopfschild versinken.
Die rostbraunen Wasser betrügerischen Moose
Werfen uns alle zurück. Wir sehen
Die Wiese vom Tau beglänzt Tag und Nacht
Ihre Blumen, die nie eine irdische Hand
Fällte, Sterne, weitverzweigter Halme
Schwebende Kronen, und sind
Von aller Freude abgeschnitten durch
Unser Wünschen, wir in gewöhnlichen
Kuhweiden stehend voll Sehnsucht.

Schöner Ort mit unsichtbarer Hexe

Schon die Droste hielt es mit dem Moor. Und wie erst Gertrud Kolmar! Beiden waren die Kröten lieb, die Sumpfwesen. Für beide war das Moor mit der Nacht verwandt und mit den Frauen und mit der Dichtung. Die Droste versteckte ihre Faszination hinter Gesten der Abwehr:

> Da birst das Moor, ein Seufzer geht
> Hervor aus der klaffenden Höhle;
> Weh, weh, da ruft die verdammte Margret:
> ›Ho, ho, meine arme Seele!‹

»Ho, ho« ist gut. Nicht eben ein Ruf der Zerknirschung. Die hält an ihren Sünden fest. Auch ist sie auf kleine Kinder aus, wie man in der berühmten Ballade nachlesen kann. Ähnlich die »Troglodytin« der Kolmar. Sie wohnt »im Geröhr an Sumpf und Seen« und fängt von Zeit zu Zeit einen Mann, den sie sich dann »zu Willen zwingt«. Die Auswahlbände pflegen das Gedicht nicht aufzunehmen.

Aus Bachofens Studien über das Mutterrecht wissen wir, daß zum alten Frauenreich das unermeßliche Sumpfland gehörte, die Welt vor dem Ackerbau, wo noch niemand seinen Vater kannte: »Darum wird Artemis und Aphrodite ›im Schilf‹ und ›im Sumpf‹ verehrt.« Und weil die gewässerte Erde schwarz ist und aus ihr allein einst alle Nahrung kam, ist Schwarz die älteste Frauenfarbe. Schwarz war die arkadische Demeter, schwarz ist heute noch die Madonna zu Einsiedeln.

Schwarz sind auch die Bäume in diesem geheimnisvollen Gedicht. Als »Säulen des Himmels« bilden sie ein Heiligtum, das nicht betreten werden darf von den Gewöhnlichen. Um das profane Pack fernzuhalten, braucht es hier keine Tempelwächter, keine patrouillierenden Amazonen. Der schöne Ort schützt sich selbst. Aus Mooren und gefährlichen Wassern taucht er auf, in ihnen schwimmt er, schwebt er, abgerückt vom »benachbarten Grasland« des »stumpfsinnigen Viehs«, des Packs eben, der Profanen – »wir in gewöhnlichen Kuhweiden«.

Wohnt wirklich niemand an dem schönen Ort? Die schwebende Insel ist »verhext«. Es muß also jemand den Spruch über sie gesprochen haben. Jemand muß über sie regieren. Jemand muß das Schlimme gewollt haben, muß wollen, was hier geschieht: daß alle in Verzückung geraten, die diese Insel erblicken. Und daß dann die Sehnsucht sie packt, eine erotische Verfallenheit, die das eigene Leben nicht mehr in Rechnung stellt über dem wilden Begehren, dorthin zu gelangen. Die Bauern wissen es. Sie haben Stacheldraht um das Moor gezogen. Aber immer wieder zerreißt ein Tier sich die Brust daran und dringt durch und ersäuft im tückischen Wasser. Den Menschen scheint es ähnlich zu gehen. »Von aller Freude abgeschnitten« kommen sie sich vor, kaum ist ihr Blick auf die leuchtende Stätte gefallen. Ein furchtbarer Satz ist das. Die bisherige Welt, besagt er, das harmlos vergnügte Leben, erlischt. Was bewegt und farbig war, verödet, versteppt, dorrt ab. Nur noch diese Sehnsucht ist da, und wer ihr nachgibt, kommt um.

»Beginn der Zerstörung« – man könnte den Titel als ökologischen Schluchzer lesen: Auch dieses Idyll wird noch dran glauben müssen; wir machen ja doch alles kaputt. Damit würde das Gedicht sofort harmlos, eine Belehrung für die ohnehin Belehrten. Vor allem aber müßte diese Deutung in Konflikt geraten mit der Tatsache, daß der schöne Ort selbst mit Zerstörung droht.

Um sie geht es. Was hier lauert, ist die alte Gefahr, die einst von der Insel der Sirenen ausging. Auch einer Blumeninsel übrigens, benannt nach ihren schönen Gewächsen: Anthemoissa. Da wollten alle hin, sobald sie den Gesang der Vogelfrauen einmal gehört hatten, und alle kamen dabei um, ausgenommen der eine ausgepichte Schlaukopf: Odysseus.

Die Verse der Sarah Kirsch spielen mit diesem Mythos. Die »wunderschönen Vögel«, die »vielstimmigen«, sind die einzigen sichtbaren, hörbaren Bewohner des magischen Landstücks. Sie sind aber nicht selber Zauberinnen. Vielmehr deuten sie auf eine unsichtbare Hexe hin, die wahre Herrin des Orts. Diese versteckt sich unter den Kühen, tut so, als könne auch sie nur hinüberglotzen, mit Kugelaugen. Wer sie kennt, entdeckt sie jedoch bald. Ist sie doch ausgezeichnet unter den Sängerinnen, vielstimmig, wunderschön.

Michael Krüger

Die Schlüssel

Beim Aufräumen des Schuppens
fand ich ein Kästchen alter Schlüssel,
schweres Gerät mit schönen assyrischen Bärten.
Jeder träumte von einer anderen Tür
in einem andern Jahrhundert,
von Duellen und fetten Würsten.
Einer paßte in ein liebesmüdes Herz.
Sie konnten Bismarck gekannt haben
oder Fontane oder ein Fräulein
in einem Roman, der nicht gut ausging.
Da sie kein Schloß mehr nehmen wollte,
legte ich sie vorsichtig zurück.
Das Haus atmete erleichtert auf.

Ein Talisman gegen die Vergänglichkeit

Es gehört zu den Merkwürdigkeiten des menschlichen Seelenlebens, daß man Schlüssel nicht wegwerfen kann. Noch am unscheinbarsten Exemplar hängt die kleine Hoffnung, irgendwann werde sich damit ein wichtiges Schloß öffnen lassen. Auch scheinen Schlüssel von Natur aus gesellige Wesen zu sein. Sie versammeln sich zu Bünden, die als Zeichen der Macht gerne sichtbar getragen werden. In dieser Funktion belieben sie auch zu klirren. Versenkt man sie in der Rocktasche, ruinieren sie das Futter. Völlig lautlos wiederum liegen sie tief in einem Schubfach und es werden da immer mehr. Kein Haus, keine Wohnung ohne solchen Schlüsselhort. Die Magie, die dem eisernen Ding in so vielen Märchen zukommt, schützt die unbrauchbaren Schlüssel vor dem Verlorengehen, während sich die unentbehrlichen nur allzu gerne aus dem Staub machen.

Michael Krüger hat ein Auge für das, was alle Leute sehen und doch nicht bemerken. So stößt er auf lyrische Motive, die ganz neu sind, obwohl sie jedem vor Augen liegen. Er muß gar nicht viel dazu sagen. Verblüfft über die Entdeckung des Vertrauten, blüht unser Verstehen den Versen förmlich entgegen. Dennoch arbeitet der Autor behutsam an seinem Fund. Er umspielt ihn mit Lichtern, die die Sache ganz sie selbst sein lassen und doch die Tiefe der Zeit dahinter öffnen. Und plötzlich hören wir ein Wort aus der Sprache unserer Träume.

So läßt er in den ersten Versen die Kinderphantasie von der Schatzkiste aufblitzen, ohne daß man genau sagen könnte, wie das zugeht. Es streift einen einfach der alte Zauber. Hat man nicht einst hoffnungslüstern auf Großmutters Dachboden herumgewühlt und den Kellerboden auf hohle Stellen abgeklopft? Vielleicht ist es allein das Wort Kästchen, das die Erinnerung auslöst. Und die »schönen assyrischen Bärte« geben uns sogar eine ironische Bestätigung. Sie verknüpfen die Schlüssel mit der Archäologie.

Und darum geht es zuletzt. Archäologie ist die Suche nach dem, was einst war und jetzt verschüttet liegt, vielleicht im Zweistromland, vielleicht in der eigenen Seele. Was einmal war, ist wirklich. Es kann nie mehr nicht gewesen sein. Die Wirklichkeit des Vergessenen ist ein inständiger Gedanke in Krügers Lyrik. Er will die allesverzehrende Zeit nicht wahrhaben und sieht sie doch überall am Werk. In der Nacht quälen ihn die vergessenen Dichter.

Deshalb steht er im Bann dieser Schlüssel. Hart, schwer, gefräst, geschliffen, jeder ein Einzelstück, zeugen sie von Häusern und Menschen, die keiner mehr kennt. Er nimmt sie in die Hand und empfindet den Andrang des Unsichtbaren. Vornehmen haben sie gedient, derben Genießern, Liebenden aller Art, glücklichen und hoffnungslosen. Es ist, als träte man aus der Zeit.

Daher darf man sie nicht verlieren. Das meint wohl der letzte Vers, der schwierigste. Das Haus, das jetzt dasteht, solide, mit festen Türen und guten Schlössern, wird angesichts der Schlüssel von der eigenen Vergänglichkeit gestreift. Ein Kollege des Autors, der alte Gryphius, hat es gewußt: »Was dieser heute baut, reißt jener morgen ein: Wo jetzund Städte stehn, wird eine Wiese sein ...« Diesem allgemeinen Untergang aber trotzen die Schlüssel. Klein sind sie, widerborstig und unendlich gleichgültig gegenüber dem, was zurzeit gerade existiert. Schau mich an, sagen sie, etwas bleibt immer. Nichts kann ganz verschwinden. Es geht nur über ins Unsichtbare. An diesem ist dem Lyriker Michael Krüger viel gelegen. Alles Sichtbare erinnere sich an das Unsichtbare, heißt es einmal. Der Mann im Gedicht verspürt es körperhaft, wenn er so dasteht mit dem eigenartigen Fund. Dann trägt er ihn zurück. Für die nächsten hundert Jahre.

Heiner Müller

Geschichten von Homer

I.

Häufig redeten und ausgiebig mit dem Homer die
Schüler, deutend sein Werk, ihn fragend um richtige Deutung.
Denn es liebte der Alte immer sich neu zu entdecken
Und gepriesen geizte nicht mit Wein und Gebratnem.
Kam die Rede, beim Gastmahl, Fleisch und Wein, auf Thersites
Den Geschmähten, den Schwätzer, der aufstand in der Versammlung
Nutzte klug der Großen Streit um das größere Beutstück
Sprach: Sehet an den Völkerhirten, der seine Schafe
Schert und hinmacht wie immer ein Hirt, und zeigte die blutigen
Leeren Hände der Söldner als leer und blutig den Söldnern.
Da nun fragten die Schüler: Wie ist das mit diesem Thersites
Meister? Du gibst ihm die richtigen Worte, dann gibst du mit eignen
Worten ihm unrecht. Schwierig scheint das uns zu begreifen.
Warum tatst dus? Sagte Homer: Zu Gefallen den Fürsten.
Fragten die Schüler: Wozu das? Der Alte: Aus Hunger. Nach Lorbeer?
Auch. Doch schätz er den gleich hoch wie auf dem Scheitel im Fleischtopf.

II.

Unter den Schülern, heißt es, sei aber einer gewesen
Klug, ein großer Frager. Jede Antwort befragt er
Noch, zu finden die nicht mehr fragliche. Dieser nun fragte
Sitzend am Fluß mit dem Alten, noch einmal die Frage der andern.
Prüfend ansah den Jungen der Alte und sagte, ihn ansehnd
Heiter: Ein Pfeil ist die Wahrheit, giftig dem eiligen Schützen!
Schon den Bogen spannen ist viel. Der Pfeil bleibt ein Pfeil ja
Birgt wer im Schilf ihn. Die Wahrheit, gekleidet in Lüge, bleibt Wahrheit.
Und der Bogen stirbt nicht mit dem Schützen. Sprachs und erhob sich.

Die Dichter und die Macht

Ein Gedicht kann aufs Schafott führen. Das ist eine historische Tatsache. Leider, aber seit Jahrtausenden. Wo die Wahrheit von der Obrigkeit genehmigt werden muß, wird ein Vers so leicht zum Verbrechen wie der Dolch im Gewande. Dann tritt der Henker an, der amtliche oder der heimlich abgeschickte.

Schriftsteller sind keine Märtyrer. Wer es von ihnen verlangt, wird selbst zum Verfolger. Dennoch stehen sie unter der Wahrheitsverpflichtung. Um der Kunst willen. Diese ist nämlich mit der Wahrheit in geheimnisvoller Weise verknüpft. Es gibt dafür bis heute keine schlüssige Theorie.

Heiner Müller lebte in der DDR. Dort mußte die Wahrheit von der Obrigkeit genehmigt werden. Deshalb beschäftigte ihn, was ein Dichter mit den nichtgenehmigten Wahrheiten anfangen soll, wenn es ohne sie für ihn keine Kunst gibt und ohne diese Kunst kein Leben.

Er war Dramatiker. Dramatiker denken in Szenen, auch wenn sie Gedichte schreiben. So packte er das Problem mit zwei Szenen an. In Hexametern, denn es ging um den Fall Homer.

Müller zeigt ihn als leutseligen Mann, den irdischen Genüssen zugetan, ohne Eignung zum Märtyrer. Er hat die »Ilias« geschrieben, seine Schüler bewundern ihn, das gefällt ihm, er lädt sie dafür zu Tisch. Sie machen sich allerdings ihre Gedanken zu seinem Werk und rücken ihm damit auf den Leib. Zur Debatte steht ein Auftritt im zweiten Gesang. Den Griechen geht es schlecht vor Troja. Die Generäle sind zerstritten. Achilles streikt. Viele sind für eine vorzeitige Heimkehr. Odysseus versucht, die Schmach zu verhindern, verlangt Durchhalten, stellt den Soldaten schöne Trojanerinnen in Aussicht, jedem mindestens eine nach dem Sieg. Da erhebt sich Thersites in der Menge, häßlich, verwachsen, ein Schandmaul. Er greift den obersten Heerführer mit wüsten Worten an. Selbstsüchtig sei Agamemnon, gierig, bereichere sich mit Gold und mit

Frauen. Er ruiniere das Heer. Man solle ihn doch allein zurücklassen vor der Stadt, vielleicht merke er dann, wie es mit seiner Allmacht bestellt sei. Jetzt greift Odysseus wieder ein. Er redet scharf dagegen und verprügelt den Schimpfer. Dieser heult auf, dann verstummt er schniefend. Großes Gelächter.

Was in der Darstellung Homers als heroischer Akt gegen einen Feigling erscheint, ist auch eine Maßnahme zur Unterdrückung der Meinungsfreiheit. Denn Thersites hat recht in Sachen Agamemnon, obschon Homer diesen zum »Hirten der Völker« erklärt. Darauf reagiert Müllers Gedicht, reagieren die Schüler Homers. Du nimmst, sagen sie, Partei für das Unrecht. Du legst die Wahrheit einem elenden Wicht in den Mund und machst sie damit wertlos. Warum? Um zu überleben, sagt Homer, um des Lorbeers auf dem Kopf und eines Lorbeerblatts im gefüllten Fleischtopf willen. Dichter sind auch nur Menschen. Sie wollen leben. Dafür müssen sie gelegentlich die Wahrheit opfern.

So weit Teil I. Er verlangt Mitgefühl mit den angepaßten Poeten in einer Diktatur. Man kann es aufbringen, lustlos. Auf Verse darüber hat man nicht gerade gewartet.

Jetzt aber Teil II. Er akzeptiert die Lösung nicht. Und weil Müller Dramatiker ist, also in Szenen denkt, akzeptiert ein gescheiter Schüler die Lösung nicht – dieser gewaltige Dichter und diese klägliche Antwort? Er fragt nach, heimlich, im Vertrauen. Nun spricht der Alte tatsächlich anders, mit einem seiner berühmten Gleichnisse. Daß die Wahrheit laut wird im Werk, ist wichtiger als ihre Bewertung. Auch verhüllt und verdeckt, selbst beschimpft bleibt sie furchtbar. Wenn der Autor nur den Bogen bereitstellt und irgendwo den geschliffenen Pfeil versteckt, wird der Schuß eines Tages losgehen. Er aber entkommt dem wartenden Henker, und seine Kunst überlebt.

Das betrifft nun nicht nur die versunkene DDR und ihre Autoren, auch nicht nur Brecht, dessen Verse in Müllers Gedicht anklingen, dessen Gestalt hinter Müllers Homer sich abzeichnet. Die Literaturgeschichte ist reich an Fällen, in denen Verbotenes nur ausgesprochen werden konnte aus dem Mund von Schurken und Bösewichtern. Richard III. nimmt in seinen Monologen Voltaire und Camus vorweg. Karl Moor ist ein gutmütiger Rabauke verglichen mit dem verwegenen Intellekt seines Bruders Franz, der Kanaille. Beide nehmen ein schlimmes Ende, zur Befriedigung der Zeitgenossen. Ihre Pfeile aber fliegen heute noch.

Durs Grünbein

Krater des Duris

Dieser da der Kerl
mit dem spitzen Bart der
listig Grinsende mit der Ferse
im Hinterhalt hellstirnig und beinah ein wenig
zu elegant war also Odysseus: ein Tonsprung scheint's
aus trojanischer Zeit. (D. h. kurz bevor dieser Ruinenflüchtling
eifrig das Rad des nächsten Jahrtausends Geschichte in Gang schob:
Aeneas). Ausgerechnet mit Aias um eine Rüstung viel zu schwer
für ihn will er sich balgen. Nicht genug daß er der Sohn
eines Schurken ist: Sisyphos der ihm die Mutter aus
Rache beschlief muß er zu alldem noch zeigen wie
man den dümmsten Krieger im Handumdrehen zum
Platzen bringt. Als hätte er immer nur Streit
gesucht süchtig nach Schwierigkeiten
stößt er den Kopf vor: Schicksal
Ihr Lieben ist wie ein Rausch-
gift das lange vorhält. Im Grunde
genügt schon ein einziger Schuß.

Gefahr als Droge

Duris ist ein antiker Vasenmaler. Durs ist ein moderner Lyriker. Durs schafft einen *kratér*, einen Tonkrug, des Duris nach, nicht nur indem er ihn beschreibt, sondern auch in der äußeren Form des Gedichts. Nach dem Muster der barocken Bildgedichte stellt das Druckbild eine bauchige Vase dar, mit engem Hals und festem Fuß. Was Duris einst auf sein Gefäß gemalt hat, davon handeln die Verse des Durs. Die beiden Namen entsprechen in ihrem akustischen Gleichklang dem optischen Gleichklang der beiden Vasen: Duris steht zu Durs wie der alte Krater aus Ton zum neuen Krater aus Wörtern. Dazwischen liegen zweieinhalbtausend Jahre.

Das ist eine Spielregel. Sobald man sie erkennt, weiß man, daß dieser Sprung über die Jahrtausende – einen »Tonsprung« nennt es das hübsche Wortspiel – auch die Lektüre steuern soll. Was Duris einst gemalt hat und Durs jetzt beschreibt, muß verstanden werden als die neue Gegenwart eines Uralten. Nicht im Sinne antiquarischer Versenkung, sondern im Sinne einer Wahrheit, die sich blank und unverändert durch die Geschichte der Menschheit zieht. Das ist klassisch gedacht. Viele sagen, so dürfe man heute nicht mehr denken. Durs Grünbein sagt: Seht her, so denke ich. Wenn ihr nicht einverstanden seid, widerlegt mich.

Auf den Krater gemalt und im Gedicht beschrieben ist Odysseus in seinem Streit mit Ajax um die Rüstung des toten Achill. Wer sie besitzt, ist der Größte. Man sieht Odysseus in der Sekunde des Kampfbeginns. Er wird siegen, und Ajax stürzt sich aus Wut in sein eigenes Schwert. »Zum Platzen« bringen, sagt das Gedicht, wolle Odysseus den Gegner.

Was ist nun das Klassische an der Geschichte? Welche Wahrheit fährt da blank und unverändert durch die Jahrtausende? Daß der Schlaue, Flinke über den schwerfälligen Kraftmenschen siegt? Ajax gilt ja als stumpfsinniger Riese, ein Goliath vor Troja, und Odysseus ist schon in der dritten Zeile »der listig Grinsende«, ist, mit einem neuen Wort für die

Klugheit, »hellstirnig«. Aber gerade darum geht es nicht. Dieses Thema läuft nur nebenher.

Worum es geht, ist das Risiko auf Teufel komm raus. Russisches Roulette als Droge, mehr noch, als Faktor der Weltgeschichte. Sinnlos, meint das Gedicht, ist für Odysseus die Balgerei um die Rüstung. Das Zeug ist ja viel zu schwer für ihn. Nicht den Schild und den Helm und die Beinschienen will er, er will den Hasard. Was ihn lockt und reizt, ist der Konflikt mit dem stärksten Mann, der wissentliche Schritt in den Bannkreis einer wütenden Gewalt. Er sucht die Ekstase der äußersten Gefahr. Sie braucht er wie ein Rauschgift.

Das ist nun deutlich mehr als das Klischee vom Kampf der List gegen die Kraft. Es ist unheimlicher und aktueller. Aber im rasanten Finale des Gedichts treibt Grünbein den Gedanken noch weiter voran. Jetzt fällt jener Begriff, der die alten Griechen regierte, der ihre Tragödie begründete, der durch jede Zeile Homers zu atmen scheint: Schicksal. Es ist das von den Göttern Geschickte, über einen Menschen, über ganze Städte und Völker Verhängte. So muß, weil es verhängt ist, Ödipus seinen Vater töten und die Mutter heiraten. Diesen feierlichen Begriff von Schicksal stellt das Gedicht auf den Kopf, und das ist seine Pointe.

Schicksal, so wird hier festgestellt, kann auch gewollt, gesucht und selbstverfertigt sein. Es kann der puren Sucht nach dem Risiko entspringen. Todesgefahr als Kick. Hinter dieser These steckt die historische Erfahrung des 20. Jahrhunderts, die Erfahrung der fürchterlichen Kriege, ihrer fürchterlichen Unnötigkeit, ihres prahlerischen Beginns. Deshalb taucht Sisyphos im Gedicht auf, als dessen unehelicher Sohn Odysseus nach einer alten Überlieferung gilt. Sisyphos nämlich ist das Urbild der Verwegenheit aus purer Lust. Ihn reizte es, die Götter übers Ohr zu hauen, einfach weil es tollkühn war. Wie sich der Fixer seinen Schuß setzt, warf er sich ins Wagnis. Es ging bös aus. Er endete bei dem großen Stein, der uns heute noch erschüttert. Als sein Schicksal. Grünbein sagt: als Zeugnis seiner Sucht.

Monika Rinck

i had a pony (her name was lucifer)

ihr gieriger ponyblick unter züngelnden brauen:
so versteinert sie blüten, den himmel zu stein,
lapislazur. in breitband wird rotes zu riffen,
korallen, umkreist von fischigen kellnern,
kann sie schon wieder nicht zahlen, muss
sofort weg hier, in ihrem rücken gerangel,
die gäste schauen zu boden, schauen in gläser.
als ein kellner sie an den haaren herbeizieht,
lacht sie, kippt fast, kennt keine dosierung,
ihr erhobener arm fuchtelt toxisch verstärkt,
es klimpern die billigen klunker wie schlüssel –
wie sie jetzt losschreit, wie es denn sein kann,
dass wir alle offenbar komplett vergessen,
dass dem hals der von perseus geköpften medusa
unter andrem ein pferdesöhnchen entsteigt,
das blitz bringt und auch donner dem zeus,
der – jetzt lest halt euren hesiod, ihr vollidioten –
über diese attribute der herrschaft zuvor nicht verfügte.

Poesie und Blitz und Donner

Die Szene könnte aus einem Film von Almodóvar sein. Eine Bar, rot und glitzernd, darin eine Frau, die durchdreht. Sie ist aufgetakelt wie das Lokal, ziemlich betrunken auch. Geld hat sie keins, dafür macht sie dem Kellner eine Szene. Sie schreit unverständliche Dinge in den Raum. Den Gästen ist der Auftritt peinlich. Eine Schlampe ist sie aber nicht, auch keine Dirne. Etwas Wildes, Gefährliches ist an ihr. Der Blick unter dem flammenden Haar hervor erschreckt und läßt den billigen Schmuck vergessen. Der Kellner möchte sie rauswerfen. Ob es gelingt, ist fraglich.

Man muß sich die schrille Szene so konkret wie möglich vor Augen halten. Nur so entfaltet sich das raffinierte Spiel zwischen den drei Ebenen dieses Gedichts. Die erste Ebene ist das Geschehen in der Bar. Es verwandelt sich auf der zweiten Ebene in einen präzis gefügten mythologischen Bericht. Er handelt von Medusa und Pegasos. Daß der Blick der Medusa jeden versteinerte, den er traf, ist bekannt. Weniger bekannt ist, daß aus dem Blut der geköpften Medusa der Pegasos entsprang, das geflügelte Pferd, das lange Zeit niemand zu zähmen vermochte. Im Pony des Gedichts kehrt es zurück in unsere Gegenwart. Es besitzt noch die Kraft der Mutter, die züngelnden Brauen erinnern an deren Schlangenhaar. So versteinert es die plüschrote Bar zu einem Korallenriff und läßt die Kellner wie Fische daran entlangschwimmen. Die Gäste weichen den Augen aus.

Hier muß man nun wissen, daß der sprichwörtliche Ritt auf dem Pegasus als Bild für die dichterische Inspiration im griechischen Mythos nicht vorkommt; er ist eine späte Erfindung, ein Produkt der bürgerlichen Bildungswelt. Dennoch war das geflügelte Pferd seit je mit der Dichtung verbunden. Es hatte nämlich mit einem Hufschlag die heilige Quelle am Berg Helikon aufsprudeln lassen, die Hippokrene, und wer daraus trank, wurde Dichter, Seher, Sänger. Der Mann, der es als erster schaffte, auf dem Pegasos zu reiten, war kein Poet, eher ein Abenteurer, und er nahm ein böses Ende. Eines Tages holte Zeus das prächtige Roß an seine Seite. Hesiod erzählt in seiner »Theogonie«, es halte dem Weltenrichter die Blitze zur Hand.

Monika Rinck, geboren 1969, weicht dem abgedroschenen Bild vom Ritt auf dem Pegasus aus, nicht aber dem Bezug des Flügeltiers zur Dichtung. Das Wort Pony bezieht sie aus einem Lied von Bob Dylan. Der englische Titel ihres Gedichts deckt sich fast ganz mit dessen erstem Vers: »Once I had a pony, her name was Lucifer«. Mit dem dämonischen Namen war der Bezug zur Mythologie geschlagen, zur christlichen wie zur antiken.

Und damit öffnet sich die dritte Ebene des Gedichts. Seine Bilder reden von der Dichtung. Das Pferdesöhnchen tritt als Frau auf, und diese Frau, halb Luder, halb Prophetin, kann noch mehr, als der Mythos vom Flügelroß weiß. Ihr Blick ist tödlich, und dem höchsten Gott hat erst sie die Blitze geschenkt. So weit ging Hesiod nicht. Unverfroren erweitert Monika Rinck den mythischen Bericht. Sie tut es um der Poesie willen, ihrer eigenen und unser aller. Ein fast verschollener Gestus von Stolz und Triumph kehrt hier in das moderne Gedicht zurück. So verkündete einst Horaz, seine Verse seien dauerhafter als Erz, und Shakespeare erklärte, er schenke der Schönheit des Geliebten Bestand bis ans Ende der Menschheit. Dieser Akt großartig selbstbewußter Prahlerei ist ein kostbares Element der abendländischen Lyrik, bis hin zum späten Benn, der seinen mächtigen Essay über das Altern der Dichter mit dem Ausruf aus dem »Te Deum« schloß: »non confundar in aeternum« – »in Ewigkeit werde ich nicht zuschanden gehen«. Das ist nicht Eitelkeit. Der Akt entspringt aus dem Wissen, daß die Menschheit nie ohne Verse gelebt hat und ohne Verse nie leben wird. Die Dichtung gehört zum Planeten wie Blitz und Donner.

Nachweise

Heinrich Hetzbold von Weißensee (Erste Hälfte des 14. Jahrhunderts):

Wol mich der stunde

Deutsche Lyrik des Mittelalters. Auswahl und Übertragung von Max Wehrli. Zürich ^{7}1988: Manesse, S. 37

Christian Hoffmann von Hoffmannswaldau (1616–1679):

Sonnet. Vergänglichkeit der schönheit

Benjamin Neukirchs Anthologie. Herrn von Hoffmannswaldau und andrer Deutschen auserlesener und bißher ungedruckter Gedichte erster Theil. Herausgegeben von Angelo George de Capua und Ernst Alfred Philippson. Tübingen 1961: Niemeyer, S. 46 f.

Johann Christian Günther (1695–1723):

Als er der Phillis einen Ring mit einem Totenkopfe überreichte

Gesammelte Gedichte. Herausgegeben von Herbert Heckmann. München 1981: Hanser, S. 104 f.

Matthias Claudius (1740–1815):

Kriegslied

Sämtliche Werke. Nach dem Text der Erstausgaben. Textredaktion Jost Perfahl. München 1984: Winkler, S. 236

Gotthold Ephraim Lessing (1729–1781):

Lied. Aus dem Spanischen

Musen-Almanach oder poetische Blumenlese für das Jahr 1780. Herausgegeben von Voß und Goekingk. Hamburg 1779: Bohn, S. 208

Johann Wolfgang Goethe (1749–1832):

Heidenröslein

Sämtliche Werke nach Epochen seines Schaffens. Band 1.1. Herausgegeben von Gerhard Sauder. München 1985: Hanser, S. 163 f.

Mignon

Goethes Werke. Vollständige Ausgabe letzter Hand. Band 18. Stuttgart und Tübingen 1828: Cotta, S. 233

Philine
Sämtliche Werke nach Epochen seines Schaffens. Band 5. Herausgegeben von Hans-Jürgen Schings. München 1988: Hanser, S. 315 f.
Grenzen der Menschheit
Sämtliche Werke nach Epochen seines Schaffens. Band 2.1. Herausgegeben von Hartmut Reinhardt. München 1987: Hanser, S. 45 f.
Jakob Michael Reinhold Lenz (1751–1792):
Willkommen
Werke und Briefe in drei Bänden. Herausgegeben von Sigrid Damm. München 1987: Hanser, Bd. 3, S. 213
Friedrich Schiller (1759–1805):
Die Teilung der Erde
Sämtliche Werke. Band I. Herausgegeben von Albert Meier. München 2004: Hanser, S. 205 f.
Der spielende Knabe
Ebenda, S. 243
Odysseus
Ebenda, S. 250
Punschlied
Ebenda, S. 421
Johann Peter Hebel (1760–1826):
Wie heißt des Kaisers Töchterlein?
Gesamtausgabe. Herausgegeben von Wilhelm Zentner. Band III. Karlsruhe 1972: C. F. Müller, S. 404
Friedrich Hölderlin (1770–1842):
An die Deutschen
Sämtliche Werke und Briefe. Herausgegeben von Michael Knaupp. Band I. München 1992: Hanser, S. 193
Adelbert von Chamisso (1781–1838):
Tragische Geschichte
Sämtliche Werke. Herausgegeben von Werner Feudel und Christel Laufer. Band I. München 1980: Hanser, S. 68 f.

Ludwig Uhland (1787–1862):

Fräuleins Wache

Werke. Herausgegeben von Hartmut Fröschle und Walter Scheffler. Band I: Sämtliche Gedichte. München 1980: Winkler, S. 304 f.

Joseph von Eichendorff (1788–1857):

Herbstklage

Werke in einem Band. Herausgegeben von Wolfdietrich Rasch. München ^{6}2007: Hanser, S. 390

Waldesgespräch

Werke. Band 1. Herausgegeben von Hartwig Schulz. Frankfurt am Main 1993: Deutscher Klassiker Verlag, S. 86

Ferdinand Raimund (1790–1836):

Das Hobellied

Sämtliche Werke. Historisch-kritische Säkularausgabe in sechs Bänden. Herausgegeben von Fritz Brukner und Eduard Castle. Zweiter Band. Wien 1934: Anton Schroll / Nendeln 1974: Kraus Reprint, S. 434 f.

Annette von Droste-Hülshoff (1797–1848):

Lebt wohl

Annette von Droste-Hülshoff: Werke in einem Band. Herausgegeben von Clemens Heselhaus. München ^{7}2008: Hanser, S. 230 f.

Heinrich Heine (1797–1856):

Belsatzar

Sämtliche Schriften. Band I. Herausgegeben von Klaus Briegleb. München ^{2}1975: Hanser, S. 54 ff.

Der Scheidende

Sämtliche Schriften. Band VI/1. Herausgegeben von Klaus Briegleb und Walter Klaar. München ^{2}1985: Hanser, S. 349 f.

Eduard Mörike (1804–1875):

Die schöne Buche

Werke in einem Band. Herausgegeben von Herbert G. Göpfert. München ^{6}2004: Hanser, S. 74 f.

Hermann von Gilm zu Rosenegg (1812–1864):

Allerseelen

Gedichte. Leipzig 1899: A. G. Liebeskind

Friedrich Hebbel (1813–1863):

David und Goliath

Sämtliche Werke. Historisch-kritische Ausgabe. Besorgt von Richard Maria Werner. Sechster Band. Berlin 1902: B. Behr, S. 451

Theodor Storm (1817–1888):

Von Katzen

Werke in einem Band. Herausgegeben von Peter Goldammer. München 1988: Hanser, S. 40 f.

Gottfried Keller (1819–1890):

Waldlied

Gedichte. Herausgegeben von Kai Kauffmann. Frankfurt am Main 1995: Deutscher Klassiker Verlag, S. 415 f.

Conrad Ferdinand Meyer (1825–1898):

Nicola Pesce

Sämtliche Werke nach den Ausgaben letzter Hand (Winkler). München 1976: Deutscher Taschenbuch Verlag, Bd. 2, S. 98 f.

Dämmergang

Ebenda, S. 116 f.

Stefan George (1868–1933):

Vogelschau

Werke. Ausgabe in vier Bänden. Herausgegeben von Robert Boehringer ([3]1976 Küpper). München 1983: Deutscher Taschenbuch Verlag, Bd. 1, S. 61

Rainer Maria Rilke (1875–1926):

Eine Sibylle

Sämtliche Werke in zwölf Bänden. Herausgegeben vom Rilke-Archiv, in Verbindung mit Ruth Sieber-Rilke. Besorgt von Ernst Zinn. Frankfurt am Main 1976: Insel, Bd. 2, S. 568

Hermann Hesse (1877–1962):

Im Nebel

Die Gedichte 1892–1962. Herausgegeben von Volker Michels. Frankfurt am Main 1992: © Suhrkamp, S. 83

Else Lasker-Schüler (1869–1945):

Giselheer dem Tiger

Werke und Briefe. Kritische Ausgabe. Im Auftrag des Franz Rosenzweig-Zentrums der hebräischen Universität Jerusalem, der Bergischen Universität Wuppertal und des Deutschen Literaturarchivs Marbach am Neckar herausgegeben von Norbert Oellers, Heinz Röllecke und Itta Shedletzky. Band 1.1: Gedichte. Bearbeitet von Karl Jürgen Skrodzki unter Mitarbeit von Norbert Oellers. Frankfurt am Main 1996: © Jüdischer Verlag im Suhrkamp Verlag, S. 145 f.

Karl Kraus (1874–1936):

An den Schnittlauch

Gedichte. Frankfurt am Main 1989: © Suhrkamp, S. 106

Regina Ullmann (1884–1961):

Alles ist sein

Erzählungen, Prosastücke, Gedichte. Herausgegeben von Friedhelm Kemp. Erster Band. München 1987: Kösel, S. 87

Kurt Schwitters (1887–1948):

An Anna Blume. Merzgedicht 1

Anna Blume und ich. Die gesammelten Anna Blume-Texte. Herausgegeben von Ernst Schwitters. Zürich 1965: © Arche, S. 46 f.

Robert Walser (1878–1956):

Was fiel mir ein?

Sämtliche Werke in Einzelausgaben. Herausgegeben von Jochen Greven. Frankfurt am Main 1986: Suhrkamp, Bd. 13, S. 222. © Robert-Walser-Stiftung, Zürich

Gertrud Kolmar (1894–1943):

Salamander

Weibliches Bildnis. Sämtliche Gedichte (Kösel). München 1987: Deutscher Taschenbuch Verlag, S. 176. © Suhrkamp Verlag, Frankfurt am Main

Silja Walter (*1919):

Tänzerin

Gesamtausgabe. Band 1: Frühe Gedichte, Texte, Erzählungen und Spiele. Redaktion: Ulrike Wolitz. Freiburg, Schweiz 1999: © Paulusverlag, S. 32

Günter Eich (1907–1972):

Latrine

Gesammelte Werke in vier Bänden. Herausgegeben von Axel Vieregg. Frankfurt am Main 1991: © Suhrkamp, Bd. 1, S. 37

Brüder Grimm

Ebenda, S. 119

Theodor Kramer (1897–1958):

Oh, wer geht mit mir rasch noch ins Kino vor Nacht

Gesammelte Gedichte I. Herausgegeben von Erwin Chvojka. Wien 1984: © Europa Verlag, S. 323

Bertolt Brecht (1898–1956):

Der Bauch Laughtons

Gesammelte Werke in zwanzig Bänden. Herausgegeben vom Suhrkamp Verlag in Zusammenarbeit mit Elisabeth Hauptmann. Frankfurt am Main 1967: © Suhrkamp, Bd. 10, S. 875

Paul Celan (1920–1970):

Todesfuge

Gesammelte Werke in sieben Bänden. Herausgegeben von Beda Allemann und Stefan Reichert unter Mitwirkung von Rolf Bücher. Frankfurt am Main 1983: Suhrkamp, Bd. 1, S. 61 ff. © Deutsche Verlags-Anstalt in der Verlagsgruppe Random House, München

Alexander Xaver Gwerder (1923–1952):

Ich geh unter lauter Schatten

Dämmerklee. Nachgelassene Gedichte. Zürich 1955: Arche, S. 41

Ingeborg Bachmann (1926–1973):

An die Sonne

Werke. Herausgegeben von Christine Koschel, Inge von Weidenbaum, Clemens Münster. Band I. München 1978: © Piper, S. 136 f.

Gottfried Benn (1886–1956):

Restaurant

Gesammelte Werke in acht Bänden. Herausgegeben von Dieter Wellershoff (Limes). München 1975: Deutscher Taschenbuch Verlag, Bd. 1, S. 258. © Klett-Cotta, Stuttgart

Hans Magnus Enzensberger (*1929):

Ins Lesebuch für die Oberstufe

Verteidigung der Wölfe. Frankfurt am Main 1957: Suhrkamp. Zitiert nach ders., Gedichte. Verteidigung der Wölfe. Frankfurt am Main 1999: © Suhrkamp, S. 88

Christine Lavant (1915–1973):

Wieder Nacht …

Der Pfauenschrei. Gedichte. Salzburg ^{3}1980: © Otto Müller, S. 56

Friedrich Dürrenmatt (1921–1990):

Siriusbegleiter

Das Mögliche ist ungeheuer. Ausgewählte Gedichte. Zürich 1993: © Diogenes, S. 13

Peter Rühmkorf (1929–2008):

Außer der Liebe nichts

Aufwachen und Wiederfinden. Liebesgedichte. Reinbek 2002: © Rowohlt, S. 16

Friederike Mayröcker (*1924):

an eine Mohnblume mitten in der Stadt

Gesammelte Gedichte 1939–2003. Herausgegeben von Marcel Beyer. Frankfurt am Main ^{3}2004: © Suhrkamp, S. 442

Ernst Jandl (1925–2000):

waunsas wissn woiz …

peter und die kuh. München 1996: Luchterhand, S. 58. © Luchterhand Literaturverlag in der Verlagsgruppe Random House, München

Sarah Kirsch (*1935):

Beginn der Zerstörung

Erdreich. Gedichte. Stuttgart 1982: Deutsche Verlags-Anstalt, S. 65. © Deutsche Verlagsanstalt in der Verlagsgruppe Random House, München

Michael Krüger (*1943):

Die Schlüssel

Wettervorhersage. Gedichte. Salzburg und Wien 1988: Residenz, S. 15

Heiner Müller (1929–1995):

Geschichten von Homer

Gedichte. Berlin 1992: © Alexander, S. 15 f.

Durs Grünbein (*1962):
Krater des Duris
Falten und Fallen. Frankfurt am Main 1994: © Suhrkamp, S. 124
Monika Rinck (*1969):
i had a pony (her name was lucifer)
zum fernbeiben der umarmung. Gedichte. Idstein 2007: © kookbooks, S. 32

Autor und Verlag danken den Rechteinhabern für die Genehmigungen zum Abdruck der Gedichte. In einzelnen Fällen konnten trotz aller Bemühungen die Erben nicht ausfindig gemacht werden; sie werden gebeten, sich mit dem Verlag in Verbindung zu setzen.

Die Interpretationen zu folgenden Texten sind Erstdrucke: Christian Hoffmann von Hoffmannswaldau · Theodor Storm · Kurt Schwitters · Theodor Kramer · Ernst Jandl · Peter Rühmkorf · Heiner Müller · Monika Rinck.

Literaturwissenschaft im dtv

Umberto Eco
Die Bücher und das Paradies
Über Literatur
Übers. v. B. Kroeber
ISBN 3-423-34276-5

Quasi dasselbe mit anderen Worten
Über das Übersetzen
Übers. v. B. Kroeber
ISBN 978-3-423-34556-9

Horst Dieter Schlosser
dtv-Atlas Deutsche Literatur
116 Farbseiten
ISBN 3-423-03219-7

Heinz Ludwig Arnold
Heinrich Detering
Grundzüge der Literaturwissenschaft
ISBN 3-423-30171-6

Klaus Michael Bogdal
Hermann Korte (Hg.)
Grundzüge der Literaturdidaktik
ISBN 3-423-30798-6

Joachim Bumke
Höfische Kultur
Literatur und Gesellschaft im hohen Mittelalter
ISBN 3-423-30170-8

Peter von Matt
Liebesverrat
Über die Treulosen in der Literatur
ISBN 978-3-423-30143-5

Verkommene Söhne, mißratene Töchter
Familiendesaster in der Literatur
ISBN 978-3-423-30647-8

... fertig ist das Angesicht
Zur Literaturgeschichte des menschlichen Gesichts
ISBN 978-3-423-30769-7

Die tintenblauen Eidgenossen
Über die literarische und politische Schweiz
ISBN 978-3-423-34094-6

Öffentliche Verehrung der Luftgeister
Reden zur Literatur
ISBN 978-3-423-34283-4

Die Intrige
Theorie und Praxis der Hinterlist
ISBN 978-3-423-34485-2

Wörterleuchten
Kleine Deutungen deutscher Gedichte
ISBN 978-3-423-34665-8